H.O.P.E.
沉默的希望

SILENT HOPE

傅志遠
著

作者序

英雄的面貌

古有武功高手行俠仗義，今有超能力者飛天遁地，「超級英雄」總存在於人們的想像裡，期待亂世之中，有英雄橫空出世伸張正義，甚至幻想自己就是那劇中的英雄。

身為外傷急症外科醫師，職責是在醫院裡擔任第一線救治傷患的角色，電光石火之間的判斷，就可能決定病人的生死。在急診室裡、在手術檯上，外科醫師與死神拚命的驚險，絕不亞於電影裡超級英雄與反派的戰鬥，當生死一線之際，將病人救回來時，外科醫師就是手術室裡的超級英雄。

然而，不論是小說裡的俠客或電影裡的超能力者，往往是用「殺人」的方式來拯救世界，我寫下的這個故事，是想呈現另一種英雄的面貌——用「救人」來拯救世界。不是非得飛簷走壁、以一擋百才能當英雄；或許醫師給人的印象都是文弱書生，但在屬於他們的舞臺上，一樣有著一夫當關、萬夫莫敵的氣魄。

在《H.O.P.E.沉默的希望》一書中，我所打造的架空宇宙，是一個混沌的亂世。在醫療崩壞的未來、政府被財團與黑道威脅的時代，甚至連醫療資源都遭到控制與把持，但仍有一群醫師在祕密醫院裡，繼續從事救死扶傷的工作，即便這些醫者不是在第一線戰場殺敵，但誰能說他們不是英雄呢？

醫療需要的是一個團隊，就如超級英雄電影裡的復仇者聯盟，或如武俠小說家溫瑞安筆下的四大名捕，彼此互補、合作無間。因此本書中的角色，原本的身分可能是平凡的診所開業醫師、甚至家庭主婦，但當他們集結在一起，就可以創造出不平凡的成就。

每個人可能都曾幻想過當英雄，也都可能幻想過活在一個有英雄能拯救我們的世界，但其實，英雄的面貌有很多種，即使沒有超能力與高科技，凡人也可以是英雄。

亂世當出豪傑，醫中亦有俠者。這是我對《H.O.P.E.沉默的希望》的註解，以及最原始的創作緣起。

楔子

「假日看電影的人這麼多，居然還有一臺自動售票機故障，影城的工作人員怎麼也不來處理一下？」假日人潮爆滿的信義威秀影城，一對情侶在大排長龍的購票窗口前抱怨著。

這時一個神色匆忙的男子，左顧右盼後走到角落那臺無人排隊，但也貼著「故障待修」告示的售票機前，自顧自地在電腦螢幕上操作著，不一會兒便掉出一張電影票。

「他居然買得到票？或許是機器修好了，我去試試看。」

見那人拿著電影票入場，他倆也躍躍欲試，但在機器前按了半天，一點反應都沒有。

「又壞掉了，還是乖乖排隊吧！」男孩只得繼續安撫著女友。

「第N排十七號，麻煩入口處右轉。」九號影廳門口，負責驗票的工讀生指引觀眾入場。然而今天九號影廳播映的是適合親子觀賞的兒童節目，他很不理解為什麼會有一個大男人獨自來看這部電影。

開演約莫一個多小時後，居然又有另外一個女子獨自一人進場。

「已經開演一陣子了，請問您確定要進場嗎？」

「嗯……沒關係。」女子似乎失魂落魄，頭也不抬地回答。

「我跟你說，今天真的遇到怪事。」散場前，負責九號廳的工讀生跟同事聊起稍早的情形。「九號廳播放的明明就是拍給小孩看的兒童電影，居然有一男一女兩個大人跑來看。」

「熱戀中的男女，只要能膩在一起，什麼無聊事都願意做，是你少見多怪。」同事是電影院的資深員工，這類事情想必遇過不少。

「不是！不是！他們是各自進場，而且前後差了一個小時，所以不是來約會的，等等散場我再指給你看。」

電影在孩子們的笑聲中結束，兩人一直盯著影廳唯一的出口，但直到人群全部散去，卻沒有工讀生描述的那一男一女。

「不可能！從開演到現在，我完全沒有離開過這裡，難不成他們會人間蒸發？」

ξ

生命徵象監控儀的蜂鳴器急促地響著，屏幕上每分鐘超過一百下的心跳，顯示病人若非處於極大的刺激中，就是失血過多產生了休克。從左右兩手各有一條點滴、且連接著輸血加壓器來看，病人先前應該流了不少血。

「我在哪裡？」腹部一陣劇痛，周雪蓉幽幽地醒來，卻動彈不得，目光所及燈火通明，身邊的各種醫療設備，才令她意識到自己在一家醫院裡。

「周小姐，先不要用力，妳才剛開完刀。」眼前的藍衣人看來像是位護理人員，只見她用熟練的手法幫周雪蓉換上新的點滴，但在緊密的口罩包覆下，看不出真實面容，刻意壓低的聲音，更增添幾分神祕感。

不知道是麻醉藥效還沒完全退，或者是失血過多的影響，頭昏腦脹的周雪蓉對眼前的場景困惑不已，若非傷口的疼痛如此真實，她甚至以為自己已經死了。

「開刀？我發生什麼事了？」周雪蓉努力回想，她最後的記憶是在秦宇翔的車上。

「稍早妳發生了車禍，撞擊力造成第三級脾臟撕裂傷和嚴重內出血，Dr. J幫妳進行了緊急手術，目前手術剛完成，妳的病情已經穩定了。」藍衣人回頭望了望遠處一位身穿白袍的男子，男子同樣用手術帽與口罩將面容緊緊包住，雙手交叉不發一語。

「你是誰？Dr. J又是誰？我在哪家醫院？我家人知道嗎？公司還在等我回去交差，讓我先打幾通電話。」周雪蓉一連問了好幾個問題，急切地想要起身，但腹部傷口的疼痛令她不得不又馬上躺下。

「妳在一個安全的地方，Dr. J建議妳先不要說那麼多話，一切等身體恢復後再說。」

「秦檢察官呢？他還好嗎？這裡的負責人是誰？請他來跟我說明好嗎？」

「我只負責妳的醫療照護，其他都沒有獲得授權，等到適當的時機，會有人向妳說明一切，現階段請先專心養傷。」

周雪蓉有一連串的問題，卻仍沒有答案，她勉強坐起身環顧四周，周遭充滿著各種儀器與管線，而且除了眼前這位藍衣人，遠處似乎還有其他工作人員。

雖然這裡看似和一般醫院的加護病房無異，然而一切有種說不上來的怪異。若如藍衣人所說，自己是因為嚴重內出血接受手術，顯然不是一般中小型醫院能夠執行，而且依這裡的先進設備來看，絕對是醫學中心級的水準，但身為資深記者，這些年周雪蓉也去過不少大醫院採訪，只是印象中臺北市沒有一家醫院，能夠像這裡如此井然有序。跟受全民健保約束、被財團把持，只能不斷降低成本以求業績的各醫院比起來，這裡似乎更像是某個高級私人診所。只是這些高級診所多是醫學美容等業務，要說在這裡進行如此重大手術，卻又匪夷所思。

白袍男子走近她身邊，看了看目前的生命徵象，然後回頭低聲與護理人員交談，似乎在交代些什麼。很顯然地，這個神祕機構裡的工作人員不想讓自己知道他們的真實身分。周雪蓉這時才得以近看眼前這個人，瘦高身材，左手臂上有個臂章繡著「J」。

雖然整個環境看起來冷硬而陌生，但周雪蓉似乎從Dr. J眼神中察覺到，刻意的冷淡掩不住醫者該有的那份光芒。不知怎的，她非常確定過去看過這眼神，只是努力回想卻沒有頭緒。

「你就是Dr. J吧！謝謝你救了我，你究竟是誰……」或許是失血過多，手術後還沒恢復力氣，周雪蓉說完這句話又昏了過去，在眼睛閉上前，她又看了看那繡著「J」的臂章，以及那似曾相識的眼神。

1

一輛黑頭車在北上的高速公路高速行駛著，後座男子看來臉有慍色，正向電話另一頭的人吩咐：「這個開發案如果搞得成，宇海集團的獲利至少會有百億，照行規就是百分之三，只用五千萬就想打發我？明天聯合選區其他議員，找環保團體一起在議會開記者會抗議，大家都不必玩！」

黑頭車一路往南港方向前進，在接近內湖交流道時，兩輛轎車突然靠近，一點縫隙都不留給他們，逼得司機不得不開下交流道。在交流道邊，黑頭車被迫停下，接著兩輛轎車上跳下來五、六個黑衣壯漢，將黑頭車團團包圍。

「你們要幹什麼，不要亂來，我是臺北市議員薛克文！」

幾個黑衣人發出幾聲冷笑，把黑頭車上的兩人拖出來拳打腳踢，司機兼保鑣寡不敵眾，沒一會就在圍毆中昏死過去。

「議員大人，今天算你倒楣。」帶頭者陰惻惻地掏出手槍，指向薛克文。

薛克文自知無處閃躲，只能縮在一角露出驚恐的眼神。黑衣人卻彷彿貓戲弄老鼠般，並沒有開槍，反而將手槍從頭到腳作勢瞄準了一輪，甚至故意用嘴發出「碰！」的聲響。每發出一次聲響，薛克文就嚇得瑟縮一下，幾個黑衣人見狀大笑了起來。

「沒時間再跟你玩了！」黑衣人先一槍解決了司機，接著把槍口抵住薛克文的腦袋，停頓幾秒後，瞬間又把槍口移開頭部，向左下腹開了一槍。

「任務完成。」黑衣人打電話回報後，一群人再跳上兩輛車，揚長而去。

本以為自己死定了的薛克文，這才終於意識過來對方無意取他性命。他壓著腹部的傷口，氣若游絲地打電話給臺北市警局內湖分局長。

「李局長，我是薛議員，我的車遇到歹徒攻擊，快來內湖交流道救我！」說完這段話，薛克文再也沒有力氣，倒在了路邊。

救護車鳴笛聲畫破夜空，中央醫院急診室裡擠滿了等待看診的民眾，這裡是全國僅存幾家有能力處理急重症病患的醫學中心。

這是一個醫療崩壞的世代，醫病之間的信任感比紙還薄，許多原本對醫療保持熱情的醫師，一個個被動輒出現的醫療糾紛所逼退。而在全民健保制度的約束下，醫療品質持續下滑，導致有志醫生不願屈就健保、紛紛出走。而民主制度下的政客考量到選票，不敢做全面改革及調整費率，終於在幾年前，導致健保破產，成為壓垮醫療環境的最後一根稻草。醫院徹底淪為財團生財與洗錢的工具，年輕醫師更不願意投身風險高收入低的急重症醫療。

外傷中心呂恆賢主任已經全副裝備在急診室門口待命，見到主任都親自坐鎮指揮，急診室的其他醫護人員自然不敢掉以輕心，全都嚴陣以待，隨著救護車急促的鳴笛聲，傷患很快地被送進急診室。

「薛議員，我是外傷中心呂主任，會負責您接下來的治療。」呂恆賢診視病患後，做了簡短的自我介紹。「您的左下腹受了槍傷，雖然很幸運地避開可能大出血的腎臟與脾臟，沒有立即生命危險，但仍需要積極治療。」

「呂主任您怎麼說就怎麼辦吧！」

「議員請放心，我保證您會得到妥善的照護。」

ξ

這幾天外科加護病房門口戒備森嚴，連進出治療的醫護人員都必須接受嚴格的身分管制，顯然裡頭住著重要人士。由於一般訪客都被限制探視，因此只能將致贈的花籃放在加護病房門口，而當中最顯眼的，又莫過於落款「宇海國際集團總裁邱世郎」所贈的兩盆蘭花。

護理師向負責加護病房治療的總醫師呈報今日病患的狀況：「這裡是外科加護病房，薛議員的狀況相當不穩定，雖然四小時前才打過退燒針，不過剛才量體溫，又燒到三十九度。而且血壓從前一班開始便偏低，應該是敗血症引起的休克……」

自從三天前入院開始，議員始終高燒不退，即使每四個小時打一次退燒針，也維持不了多久。

總醫師瞄了病人一眼，卻沒有什麼積極作為，語氣充滿無力。「抗生素已經用到最後一線了，我也沒有其他辦法，不然再打一針退燒針好了。」

「確定不用做點什麼嗎？我剛才幫病人換藥時，發現傷口流了不少膿，而且氣味並不好，我覺得像是糞便……」對於總醫師消極的治療方式，護理師忍不住提出質疑。

「一定是槍傷把腸子穿破了，才會有糞便從傷口流出。不過既然呂主任說不用處理，我們下面的人還能說什麼？」其實在病人入院隔天，他便發現這個情形，也已經向呂恆賢報告，呂主任卻只是淡淡表示，用抗生素治療即可。

「腹部穿刺傷第一時間就應該馬上手術治療，呂主任到底在拖什麼？更何況現在已經確定腸穿孔，卻還不採取行動。」大家你一言我一語，都不理解外傷治療專家呂主任，怎麼會做這麼離譜的決定，更何況病人還是有頭有臉的大人物。

「薛議員，請您安心養傷，本院定會傾全院之力，幫您做最好的治療。」當天下午，中央醫院院長特別助理高東賢親自到加護病房來探視，手中還提著水果禮盒。

「最好的治療？哼！就像我現在這副德性嗎？」面對自己日益惡化的病情，薛克文也感覺到不對勁，自己事實上並沒有獲得妥善照顧，只是虛弱的身體讓他沒有力氣再多說什麼。

「議員先生，您也沒有別的選擇了，若是連中央醫院都治不好您，那全臺北大概沒有其他醫院還有辦法。我忘記腸穿孔的病人不能進食，這盒水果您先留著，過些日子等康復後再享用──如果有那一天的話。」高東賢丟下這耐人尋味的幾句話，頭也不回地離開。

由於腸內的糞便持續自穿孔處漏出，繼之而來的是無法緩解的疼痛與高燒不退，薛克文幾乎每個小時都必須注射止痛針，然而即便用上高劑量的嗎啡，藥效一過仍是在病床上痛得打滾。雖然歹徒當時沒有立即取他性命，但看著自己腹部如爛瘡般的傷口，他甚至能聞到當中發出的陣陣惡臭。當感染無法有效控制，昏迷與休克就是臨死前必經之路。

「病人狀況越來越差，是否要和家屬討論『放棄急救』的事？好讓他們有所準備。」眼見薛克文已經進入臨終前的彌留狀態，加護病房的護理師詢問負責的醫師。一般來說，當病情已經無法挽回時，醫師會向家屬提出建議，此時「放棄急救，減少無效醫療，不增加病患無謂的痛苦」，是讓病患善終的最好方式。

「不用，無論如何就是要搶救到底！」負責醫師不假思索地回答。

死亡前三小時，只能用慘絕人寰來形容。持續使用心臟按摩、電擊器、大量輸液搶救的結果，薛克文胸部的每一根肋骨都被壓斷，胸口皮膚遭到電擊器大面積的燒焦，全身性的水腫，連見最後一面的家屬都差點認不出來。

最可怕的不是死亡那一刻，而是死亡前的過程。

在輿論要求下，中央醫院針對議員的醫療過程開了記者會說明，只是從院長以降到外傷科主任與加護病房專責醫師，各個面罩嚴霜、不發一語，反而是沒有醫療背景的院長特助高東賢擔任發言人，神色自若、口沫橫飛地回答記者們的問題，最後他將死因歸結於槍傷造成的嚴重感染，醫護人員雖然拚到最後一刻堅持不放棄，依然無力回天，院方已用盡所有資源，家屬理解也感謝院方的努力。

就在記者會將要結束之時，人群中突然有人高聲提問：「腹部穿刺傷不需要手術治療嗎？外傷科呂主任能不能說明一下？這是醫師的專業判斷嗎？這當中是否因受到壓力而影響決定？」喊話的是留著一頭俐落短髮，身著T恤牛仔褲的年輕女記者周雪蓉，個頭不高的她，在人群中卻因活躍的提問而特別顯眼。

「呃……這個問題……是極度專業的外傷處置，通常……呃……有一套……標準流程……」平時總在各種重大外傷事故的記者會上，對媒體口若懸河的呂主任，這次明顯侷促不安，講話顛三倒四。

這時，高東賢一把搶過麥克風：「議員的治療過程，完全基於外傷科呂主任的專業判斷，記者朋友請不要捕風捉影。」聽到這幾句話，始終沒有發言的院長身形一震，口罩下的眼神閃過一絲異樣，呂恆賢也很不自然地點了點頭。

2

「發燒時吃這顆紅色藥丸，其他藥照三餐飯後睡前吃，記得多喝水多休息。」

仁愛路四段的巷子裡，一位醫師很親切地對來看診的民眾說明。診所牆上的各種證照與獎狀，訴說著診所主人過往的顯赫經歷，曾在國內一家大型醫學中心擔任過外科主治醫師，還留美進修鑽研外傷手術，直到去年才回國服務。

這是一家才開幕幾個月的綜合診所，不同於傳統上對外科醫師多半壯碩、粗曠與不拘小節的印象，陸醫師總是西裝畢挺、衣著整齊，其斯文的外貌與細膩的看診方式也令民眾印象深刻，很快就在街坊間建立起口碑，甚至有不少病患慕名專程搭車來看這位「不像外科醫師的斯文醫師」。

「只不過是一個小傷口，在你這裡看了三次都還沒有好！」

突然有位中年婦人直接闖進診間咆哮，打破小小診所的寧靜。陸辰杰走出診間，認出她來，這已經是她本週因為腳趾頭的傷口，第三次來看診了。

「阿姨，妳本身有糖尿病，傷口的癒合速度不比一般人，加上妳都沒有按時換藥，傷口會好得更慢。」雖然對方相當不友善，陸醫師還是客客氣氣，笑咪咪地對她說。

「你自己醫術不好，現在還要怪我？我要求你退回前兩次的看診費，還要補貼我車錢！你不退錢我就不走，老娘今天跟你槓上了！」婦人就在診所門口的階梯一屁股坐了下來，繼續潑婦罵街般地對每位候診中的病患抱怨，說他沒有醫術又沒有醫德，態度之差令其他病患皺起眉頭，有幾個病患也的確受到影響，起身離開。

「算了，算了，不過幾百塊而已，你拿去退給她吧！」看診的心情大受影響，陸辰杰要診所的護理師拿錢打發她走。

「陸醫師，你就這樣妥協喔？」

「開門作生意，多一事不如少一事。」

目的得逞，婦人終於甘願離開，臨去時嘴巴還不乾淨，「什麼旅美經歷，什麼外傷專科，我看都是假的！」

負責退費給婦人的護理師，對另一位同事竊竊私語。「陸醫師看起來，不像妳說得那麼厲害，早知道老闆這麼軟弱怕事，我就不答應妳來這邊上班了。」

「我也不知道他怎麼變那麼多，當年我在中央醫院跟他共事時，他是一個堅持專業、絕不妥協的人，所以聽說他的診所開幕，我才願意過來幫忙。」

護理師的對話傳進陸辰杰耳裡，看著牆上那些代表自己過去的努力與光榮的證書，再對照自己今天的處境，深深嘆了一口氣。

「今天工作順利嗎？」陸辰杰拖著疲憊的身軀回到家，妻子方璇向他遞上一杯熱茶。

「還不就那樣，一天過一天，沒什麼大挑戰，但也沒什麼成就感，連護理師都瞧不起我。」他向方璇簡短描述了今天看診遇到的麻煩事，眼神中充滿了無力感。

「一定會越來越好的，我對你很有信心！」方璇邊說邊把晚餐端上桌。

「妳會不會覺得委屈？當年妳是全國最大醫學中心裡的首席血管攝影專家，現在卻閒在家裡當家庭主婦。」

「過去幾年，我們都太忙於讀書和工作，現在剛好有多一點時間陪伴彼此。所以你不用擔心，現在的我很珍惜身邊擁有的一切。」方璇相當灑脫地回答。

「妳能這樣想就最好了，空閒時間變多，剛好可以發展自己的興趣。」

「這句話你還是先告訴自己吧，我看你最近常悶悶不樂，是不是覺得空有一身武藝沒辦法施展？」

陸辰杰沒有回答，只是側著頭發呆，似乎在沉思什麼。

三年前，陸辰杰和妻子方璇是中央醫院的同事，一個是專門治療外傷與急症的外科醫師；一個是放射科專科醫師，專長是透過血管攝影技術，幫病患完成止血，兩人無論在臨床工作還是醫學研究上，都是合作無間的伙伴。陸辰杰對工作充滿熱情，手術技巧又有天分，一直是院內重點栽培的人物，幾乎可預期是未來外傷中心的負責人。可惜年輕氣盛，凡事得理不饒人的個性，也是同事眼紅的對象。某次手術後病人發生嚴重的併發症，家屬對此相當不諒解，同事不僅沒有伸出援手，反而落井下石，讓他一個人孤軍奮戰，甚至被迫離開工作的醫院。心灰意冷之下，他毅然決然和方璇攜手赴美進修，遠離這個傷心地。

初回國之時，陸辰杰原以為憑兩人過去的顯赫經歷，可以很快找到舞臺一展長才，然而向多家醫院投遞履歷後，卻始終石沉大海。在經濟壓力下，他不得已只能選擇開診所，改在基層醫療中服務病患，儘管自己的專長是外傷治療，但舉凡感冒、高血壓、糖尿病都是看診範圍，為了增加業績，甚至也做些簡單的醫學美容。

「還記得出國前，你怎麼跟我說的嗎？你說對醫院裡無謂的爭權奪利與鬥爭廝殺感到厭煩，只想單純地當個醫師服務病患。其實無論在那個層級的醫院，醫師都有他的角色。既然選擇當開業醫師，就要學著放下身段。」

方璇幫他捏一捏肩膀，給了陸辰杰一個打氣的微笑，讓陸辰杰感覺放鬆了不少。餐桌上，兩人聊起了最近震驚社會的那個大新聞。

「議員遇刺的事，妳怎麼看？」

「治安真是越來越壞了，你從診所上下班的時候，還是得小心。」

「我問的不是對治安的看法，而是想聽聽妳對治療過程的意見。雖然所有主流媒體都把焦點放在議員遇襲的原因，不過這邊有一篇網路報導，有個記者在她的網站上獨家揭露議員就醫後的過程，指出病人是腹部穿刺傷，卻沒有手術只用藥物，結果讓病人死於細菌感染造成的敗血症。如果這篇報導屬實，這一切也太不合常理。」陸辰杰說著，乾脆打開平板電腦，找出報社記者周雪蓉的部落格。

「哦？居然有這則報導，我沒注意到。不然，你覺得應該怎麼做？」

「腹部穿刺傷就算沒有立即死亡，也應該施行剖腹探查，以確定受傷的部位與進行必要的修補。新聞說議員的傷處在左下腹，這部位一定要注意乙狀結腸、直腸、輸尿管是否受損，有些特殊案例甚至會有主動脈破裂，這個病人沒有任何不開刀的理由！」陸辰杰就像一本活動的教科書般，把外傷醫療的觀念倒背如流。

方璇點了點頭，表示認同，接著說道：「如果手術中發現後腹腔有出血，千萬不要冒險試圖探查出血點，趕緊用止血紗布壓住……」

「然後在手術中做血管攝影檢查和栓塞止血！」兩人幾乎是異口同聲說出這句話。

「當年那個案子……曾經讓我痛徹心扉，甚至一度失去自信，但是克服了心魔之後，我的手術技巧又有了更深一層的領悟！」陸辰杰這時似乎想到了什麼。

「又不是每個人都跟你陸大醫師一樣專業，很多人對外傷處置的觀念相當薄弱，而且這個時代，大家都怕被告，所以越來越保守也不是什麼意外的事。」

「論專業能力，中央醫院呂主任不可能不知道這一點，他卻做出這麼不可思議的決定，妳不覺得很奇怪嗎？」

方璇很快地看完周雪蓉在自己網站上寫的專文，緩緩說道：「這記者若非有獨家內幕，就是想像力太豐富，內容說的好像她親臨現場似的，難不成醫師也和犯罪集團掛勾，不但沒有救人，甚至是殺人共犯？」

「這倒應該不至於，過去我雖然和呂主任在工作上有些歧見，但以我對他的認識，是一個在專業上有所執著的人，我相信他不會幹這種事，這中間一定有什麼難言之隱。」

聽陸辰杰這番話，方璇也搖了搖頭，想不透這箇中道理。

晚餐後，陸辰杰獨自坐在餐廳發呆，想像著如果自己是薛克文的主治醫師，會做什麼樣的處置，以及手術的每個步驟與細節，雖然離自己很遙遠，但他的骨子裡仍有著外科醫師的靈魂與血液。

「無論受到什麼樣的壓力或誘惑，都不可以違背自己行醫的初衷，每個人內心深處，都該有著一份正義感吧！」陸辰杰喃喃地自言自語，想起當年入行時所背的醫師誓詞，還有走入外傷醫療的初衷——

准許我進入醫業時，我鄭重地保證自己要奉獻一切為人類服務。

我將不容許有任何宗教，國籍，種族，政見或地位的考慮介於我的職責和病人間，我將要盡可能地維護人的生命，自從受胎時起；即使在威脅之下，我將不運用我的醫學知識去違反人道。

我鄭重地，自主地並且以我的人格宣誓以上的約定。

3

時間回到一週前，華燈初上的林森北路，閃爍的霓虹燈配上無法看穿的黑玻璃，令來往路人對裡頭燈紅酒綠的生活，充滿無限遐想。

「長官，這邊請，小心腳步。」

金城酒店門口，內湖南港區的現任臺北市議員薛克文不理會少爺的招呼，自顧自地走出門外，脹紅的臉不知道是生氣還是喝醉。

「轉告你們邱大老闆，沒有意義的話不必再說，這種法案休想得到我的支持！」

薛克文邊說、邊上了等候的車，手中的手機立刻響起，一看來電號碼，他不給對方開口的機會，接起就是一頓破口大罵。

等他罵到一個段落之後，電話那頭的聲音倒是平靜，但充滿玄機。「沒事，沒事，我們總裁只是要祝您出入平安。」

薛克文掛上電話，情緒依然激動，這時開車的司機兼貼身保鑣小周趕緊安撫：「議座您先冷靜。」

「你知道誰是邱世郎吧？他最近想在南港弄一家醫院。」薛克文沒有搭理小周的安撫，繼續氣呼呼地說。

「宇海集團的大老闆？我在雜誌上看過他，外號『天狼星』，聽說作生意非常厲害，最近要開醫院？」

「開醫院是假，炒土地是真。」

「炒土地？」

「宇海集團目前已經壟斷全國的醫療與藥物資源，不過野心不只這樣，邱世郎要發展自己的醫院，想藉醫院之名促使捷運線在此設站，等到交通與人潮聚集，周邊的商場如果再蓋起來，你想想這當中的利益……」

「那宇海股票又要上漲了？」小周平時的興趣就是研究股票，聽到這裡，忍不住搭話。

「問題是南港那塊地，緊臨生態公園，如果附近要蓋醫院商場和捷運線，對環境破壞太多，案子還沒進議會，光是環評就不可能通過。要我支持也不是不行，但就拿那一點錢，是在打發誰？」

中央醫院的地下街餐廳，幾個醫師邊吃飯、邊聊著最近院內傳得沸沸揚揚的一宗人事案。

「聽說最近高層的人事大地震了嗎？」

「你是說院長室祕書羅衍平被拔掉，換上一個和本院毫無淵源的高東賢嗎？」

「是啊！居然讓一個完全沒有任何醫療背景的人來擔任本院高階主管，聽說他對經營管理很有一套。不過重點是，這好像是董事會的意思，直接從宇海集團外聘空降，連院長身邊的團隊都一起換成他的人馬。」

「想必是宇海派他來當地下院長的，看來大家未來日子難過了，沒想到宇海集團的勢力這麼大，連我們醫院的高層人事都能插手。」其中一位吳醫師搖搖頭，不知是無奈還是難過。

「宇海集團家大業大又如何？不過有幾個錢而已，憑什麼把黑手伸進醫院裡？」另一位王醫師不解吳醫師的說法。

「你們記得以前醫院常有藥廠的業務代表來拜訪醫師嗎？已經很久沒有看到了吧！過去為了推銷商品，哪個廠商看到我們不是鞠躬哈腰？」

其他人聽到這兒紛紛點頭。

「過去這五年，宇海集團逐漸壟斷全國所有的藥品、醫材、設備的進口與經銷，第二代接班人邱世郎還真有一套，升任總裁後陸續併購其他競爭對手，終於讓他搞成獨占事業。」

「現在局面已經反客為主，如果哪家醫院敢不買宇海的單，馬上就被斷貨，所有的醫療業務就等著開天窗吧！看看這些年宇海用這方式，控制了多少醫院？論規模與財務狀況，我們中央醫院理當能獨力運作，但最後還是不得不屈服。可預期未來的經營決策，甚至我們每個人的薪水，恐怕都得讓所謂的『高層』來決定。」吳醫師是消息極為靈通的人，對宇海集團近幾年的掘起，以及它控制各醫療機構的作法，相當地熟知。

「唉！要是真受不了就別幹了吧！去外頭開業，至少不必看人臉色。」周醫師是專長顯微手術的整形外科醫師，一直有人力邀他離開大醫院自行開業。

「你以為自己開業就可以獨立？你的診所要不要進藥材？要不要買儀器？小診所更難對抗大財團。」

「別提這些鳥事了，高層的事我們管不著，做一天和尚撞一天鐘，盡本分就好。時間差不多，該去急診交班了。」

吳醫師與王醫師是今晚當班的急診科醫師，每日交班時間是晚上七點，與周醫師打聲招呼後，兩人一起走向急診。

這時，急診室走進來另一位醫師，是外傷中心主任呂恆賢，這個亂世中少數仍堅守在緊急醫療第一線的外科醫師。

「呂主任，你怎麼在這裡？今天不是你值班吧？」

「剛才接到通知，有重要人士受傷會送來本院，非我處理不可。」送來的傷者是現任臺北市議員，半小時前遭到不明人士槍擊。研判槍傷可能貫穿腹部造成腸穿孔，呂恆賢立即通知手術室與麻醉科準備，今晚就要緊急手術。

此時呂恆賢的公務手機響起，見是院長來電，想必是交代要好好處理議員的傷勢，他趕緊接起電話，打算向院長簡報目前狀況與後續計畫。

「嗯……把議員先生送進加護病房觀察就好，手術先緩一緩。」沒想到聽完呂恆賢的報告，院長竟然下了這麼一道指令。

「報告院長，這樣的處置不合常規，雖然目前狀況還算穩定，但是腹部穿刺傷的標準治療就是手術。不這樣做沒辦法對病人跟家屬交待，像議員這種公眾人物，外界也會質疑……」院長是心臟內科醫師，外傷處置沒有那麼內行，因此呂恆賢直覺以為院長只是不瞭解病情的嚴重性，才有如此決定。

「那就先幫他安排些檢查應付一下！無論如何，高層指示就是不可以開刀。稍晚我會到醫院，你照我的意思做就對了。」

「您都已經是院長了，還有誰會比您更高層？而且恕我直言，您這個決定完全是用行政力量凌駕專業判斷，身為第一線外科醫師，我沒辦法認同這個決定！」對於院長非專業的指示，呂恆賢提高音量表達不滿，他打定主意就算得罪院長，也必須堅守職責。

沒想到剛走馬上任的院長室特助高東賢居然守在手術室門口，擋住了呂恆賢與前來支援的麻醉科劉主任去路。

「院長不是已經告知兩位不必手術，為什麼不願意配合呢？我是來請兩位去喝杯咖啡，休息一下。」

「我不管你是不是高層長官，我現在有重要的手術要執行，這是專業醫療，請你不要干涉。」

「所以呂主任和劉主任是敬酒不吃吃罰酒囉！」

見行政主管站在門口不肯讓路，劉主任一時間不知該怎麼辦，但呂恆賢似是吃了秤陀鐵了心，不畏懼眼前的威脅。

「基本上呢，我有全院的人事裁量權，不聽話的人，我隨時可以拔掉他的主管職務，也可以讓整個外傷團隊幾個月都沒刀開！而且劉主任您別忘了，全麻醉科的研究經費，只要我一句話就可以凍結。」

聽到高東賢這麼說，劉主任不由得猶豫了，他沒必要為了一個病人，得罪醫院高層。好漢不吃眼前虧，他立時打退堂鼓：「呂兄，不好意思，我想高特助說得有理，今晚我沒辦法幫忙。」不等呂恆賢答話，他很知趣地轉頭就走。

此時輪到外科醫師陷入專業與現實之間的糾結，若是基於專業則應義無反顧，然而此舉恐怕不僅自己工作不保，子弟兵也會受牽連，呂恆賢呆立在手術室門口天人交戰，高東賢則作勢打哈欠伸懶腰，似乎對呂恆賢接下來的決定很有把握。

「對不起，高特助，我知道該怎麼做了。」心不甘情不願地吐出這幾句違心之論，呂恆賢看著高東賢趾高氣昂地揚長而去。

4

宇海集團會議室裡，各部門高階主管各就各位，海外分公司負責人也透過視訊連線待命，一一向總裁邱世郎報告工作進度。

宇海集團總經理卓世雄唯唯諾諾地報告：「報告總裁，聯祥診所的負責人，想和您約時間見面，他的連鎖診所想採購十臺醫用超音波，還有一批流行感冒疫苗和藥品。」

邱世郎黝黑的皮膚搭上全套白色西裝領帶與襯衫，要說浮誇一點也不為過，更引人注意的是右胸口繡著一隻金色狼形圖騰，左胸口插著一隻金筆，無論媒體或一般民眾，都能一眼認出這位富可敵國的「天狼星」。

「跟他說我沒空，有什麼話半年後再說！」邱世郎頭也不抬地拒絕。

「聯祥診所的採購案已經提到公司半年了，總裁還要他再等半年才談？」卓世雄不解，邱世郎為什麼有錢不賺？

「姓張的打算再開四家診所，據說地點已經找好，也投了不少錢裝潢，卡在沒有設備一直沒辦法開張。我要他繼續白付房租空轉，然後關門大吉。」

「可是這筆生意金額不小……」

「這是我的決定。」邱世郎永遠是用這句話做為會議的結束，此話一出如聖旨般，卓世雄立時閉嘴。

會議結束，各主管紛紛告退或離線，卓世雄離去前，終於忍不住問了一句：

「總裁，為什麼您不跟聯祥做生意？」

「生意當然要做，只是不跟他做！十幾年前，我老爸給過他機會了。」

「十幾年前？那不是宇海生意剛開始起步？那時候還是老董事長主政吧！」

「當年我跟著老爸創業，看準的是醫療器材和藥品進口市場，國內優秀的醫療人員很多，但就是缺少好的工具與武器。我們父子立志用合理的價格，引進國際上最新最高水準的醫材，讓民眾、醫師和宇海三方都受惠。」會議比預期提早結束，邱世郎跟下屬聊起當年的故事。

「老董事長和您果真高瞻遠矚，既有收益又造福人群。」

「當時各家代理商競爭激烈，為了讓醫界相信我們的誠意，我陪我老爸南北奔波到處應酬，拜訪那些醫院的高層主管，又是請吃飯、又是包紅包，還遇到過人家心情不好，拿你的吃你的之後再把你羞辱一頓，最後生意仍然沒談成。張雲碩還沒出來投資診所的時候，是臺北市衛生局長，主管臺北市立醫院的八個院區。那年他嫁女兒，宴客前一天找幾家和市立醫院有合作關係的廠商代表開會，要大家『認桌』展現誠意。」

「認桌？」卓世雄有些不解。

「意思就是宴客的面子他要，禮金他收，但是宴席費用你買單。」說到這裡，邱世郎氣得咬牙切齒，「我做生意這麼多年，沒見過這麼囂張的官員，只要是和市立醫院有關的採購案，他全部都要削一筆！當年我們費盡千辛萬苦打點，終於得到八個院區分院長的一致承諾，全部採用我們宇海進口的核磁共振儀。為了拿到這張超級大訂單，宇海給出的承諾除了全亞洲最低價，還保證兩個月之內裝機完成，讓院方和民眾都能快點使用到最新的科技！」

「兩個月？光是航運和海關報關時間就不止了吧？」目前宇海集團的進口業務，都是由卓世雄負責，他知道這是不可能的事。

「我父親為了能讓機器早點上貨櫃，縮短海運與到臺灣的裝機時間，先用宇海的資金代墊貨款；還為了討好張雲碩，一口氣認了五十桌！沒想到他接受了我們的『誠意』之後，無視八個分院長的聯名贊成，最後一刻把案子否決，改透過他小舅子開的貿易公司，進口東南亞製的次級品。」

「這也太沒有商業道德！」

「張雲碩只說是我們心甘情願認桌，他沒有強迫我們，而且未來宇海還要做市立醫院的生意，這點誠意是應該的。更可惡的是，那傢伙怕宇海跟他小舅子的公司搶生意，又怕次級品的品質被我們的德國原廠貨比下去，他利用自己身兼食品藥物管理署委員的身分，在機器規格與安檢上百般刁難，讓我們想把機器轉賣給其他醫院、減少損失的機會都沒有！」

「難怪總裁那麼恨張雲碩。」

「那個案子的失敗，顛覆了我對『無奸不商』與『仁心仁術』的想法。而且宇海差點因為資金周轉不靈倒閉，我父親也因此抑鬱而終。所以當我接手宇海集團之後，首要工作就是拿下國內所有醫材的話語權，我要整個醫界臣服在我腳下。像張雲碩那樣的惡醫，我連一塊紗布都不給他！」

行政助理這時敲了敲門，打斷了當年的往事。「報告總裁，中央醫院的記者會五分鐘後開始。」

記者會上，中央醫院院長特助高東賢大放厥詞，一干醫療人員全部三緘其口。

「薛克文這個案子處理得不錯，有殺雞儆猴的效果。小高也很盡責，把那些自以為是的大醫生們管得服服貼貼的。不錯！」看著直播記者會的電視畫面，邱世郎對這一切很滿意。他接著對卓世雄下達命令：「議員出殯那一天，幫我用宇海集團總裁的名義再送個花籃致意，要弄得漂漂亮亮的。還有，下星期一就正式向北市府提出南港開發案的書面申請。」

「在這個敏感時機提出申請好嗎？薛克文的死還在風頭上，網路上已經有耳語，說他是因為擋了宇海的財路才遇害。」

「現在風聲這麼緊，對我們不見得是壞事，外界這些風風雨雨的謠言，正好幫忙宣傳了宇海集團的影響力。有薛克文的前車之鑑，我不相信還有人敢擋！」邱世郎仍是他那梟雄的霸道個性，仗著自己的勢力，從不在乎旁人眼光。

話鋒一轉，邱世郎望向會議室裡，另一個身著紫色套裝、留著一頭波浪紅髮的女子：「余醫師，妳這招真是心狠手辣，也唯有像妳這樣的專業人士，才能想出這樣的高招，讓人因為疼痛與感染而死，最後還死無全屍，簡直跟古代的酷刑沒有兩樣。」這個紫衣女子正是宇海集團首席醫療顧問余小曼。

「總裁，我還是不明白，既然橫豎都是要他的命，為什麼一開始不要一槍斃命，反而讓外人以為我們失手？」說話的是邱世郎手下的行動組長雷龍，說是行動組長，其實就是殺手。

「你懂什麼，要直接殺他還不簡單？」不等邱世郎回答，卓世雄搶先插話。「余醫師是醫學專家，對人體的解剖弱點、各種生理反應，甚至是毒物學方面都有很深的研究，總裁請余醫師透過她的專業來訓練行動組，讓你們知道攻擊敵人的那個部位，不會立即取他性命，卻令他終究難逃一死，死前可以慢慢反省得罪總裁的下場，這才是殺人的藝術。」

「什麼叫作『殺他還不簡單』？那你去殺啊！只出一張嘴的傢伙！」雷龍出生入死冒險執行任務，還遭到卓世雄的冷嘲熱諷，脾氣火爆的他忍不住發火。

邱世郎瞪了雷龍一眼，不怒而威的眼神，讓雷龍把後面幾句話給吞回去。

「雷龍這次任務執行相當成功，多虧有你！這些年來雷龍幫我們宇海立下汗馬功勞，確實功不可沒。前年瑞士的藥廠獅子大開口，敢跟宇海要十五億的佣金，還派人到香港來收錢，雷龍乾淨俐落就把他給做掉。去年我們和荷蘭的超音波製造商合約到期，要重談獨家代理，結果崔政國和段智全那兩傢伙的小公司，居然打算削價跟宇海競標，雷龍和他的行動組當天就讓崔政國夫妻人間蒸發，嚇得段智全馬上辭掉董事會職務逃到美國去。」

或許是得到總裁的誇獎，直腸子的雷龍乾脆直接把心中的疑惑一股腦提出來，「既然沒有當場將他殺死，難道不會去看醫生嗎？腸子破掉，總能開刀縫起來吧！連我不是醫生，都知道這個簡單的道理。」他到現在還是搞不清邱總裁葫蘆裡賣的是什麼藥。

「沒錯！這需要多方面的配合，你出手傷了對方，也一定會有醫師出手相救，中央醫院的醫師當然知道該怎麼治療，但如果醫療網也是總裁控制的一部分呢？」余小曼道出了這計畫的核心。

「這就是我不懂的地方了，像我這種沒念過幾天書的粗人，只要給我錢，我什麼事都願意做。可是醫生都是讀書人，他們的專業怎麼可能用錢收買？我當然知道總裁您可以呼風喚雨，但哪有可能叫每一個醫師都買帳？」雷龍始終丈二金剛摸不著頭腦。

邱世郎冷哼一聲，「這些醫師們，個個自栩為高知識份子，仗著自己在專業上的傲慢，以為誰都管不了他們。其實在金錢與權力之前，還不是都得俯首稱臣？」「宇海集團現在掌握全國獨家的藥品醫材代理權，再也沒有其他競爭對手。只要哪家醫院不肯聽話，明天宇海集團立刻斷貨，讓它的營運開天窗！換句話說，現在整個國家的醫療網都被我控制，沒有我的同意，誰敢幫得罪我的人治療？」

卓世雄接著補充：「大約半年前，總裁就開始布局中央醫院，它雖然號稱宇海集團最大的客戶，但反過來說，宇海是它唯一的供應商。所以這當中的主客關係就變了，他們董事會對於高東賢的人事案，連吭都不敢吭一聲。」

「等到擋路的石頭一一搬開，宇海醫院就可以正式成立，我會幫總裁在兩年內搞垮其他競爭醫院！」宇海醫院的計畫是由余小曼負責，她對前景也有著龐大的野心。

「兩年？妳當其他醫院的醫生都是吃素的？」這當中唯一在狀況外的，應該就只有雷龍了。

「宇海醫院成立後，用的會是集團提供的最頂尖儀器和最新藥物，至於我們的競爭對手，將只能拿到次級品，甚至沒藥可用……」余小曼說到這裡，雷龍才算弄清楚整個來龍去脈。

「我跟我老爸不一樣，他是用造福人群的理想在做生意。在我當家的時代，就是逆我者亡！古代的皇帝用控制糧食和飲水來掌握生殺大權，二十一世紀的宇海集團要用控制醫療資源來號令天下。明知道自己需要醫療，卻求救無門，最後在絕望中死去，我要讓全世界看到，跟我作對的下場！」邱世郎一手摟著余小曼，另一手舉起酒杯，志得意滿地一仰而盡。

5

不平靜的臺北市，居然有議員當街遇襲死亡，引起輿論的軒然大波。由於宇海集團近年來的重點投資標的，就是位在南港那塊新開發的土地，而遇害的議員亦正是出自此選區，將彼此關係連結之下，雖然未獲官方證實，但民間耳語幾乎已經認定，外號「天狼星」的商界狠角色邱世郎，就是此案件的幕後黑手。

這當中的討論也少不了針對議員受傷後，令人匪夷所思的治療經過，而周雪蓉每天在自己的網站更新文字並提出質疑，無不直指全臺最大的中央醫院，其醫療專業受到外力威脅與影響。

新聞裡的各種傳聞，可是讓偵辦此案的主任檢察官秦宇翔火冒三丈，雖然亟力挖掘宇海集團、臺北市議會、南港土地投資與中央醫院間錯綜複雜的關係，卻始終找不到可以指控邱世郎的直接證據。況且就算找出宇海集團與議員間的利益衝突，仍然稱不上犯罪動機，再加上議員的槍傷治療過程屬絕對的專業，外人縱有異見，也沒有辦法就把醫師也說成幫兇。

秦宇翔訕訕地把電視關掉，出門參加市長召開的緊急市政會議。

對於首善之都臺北市，都會發生如此黑道猖獗與治安敗壞的案件，各級主管與高階警官個個神情凝重，臺北市長謝文華直截了當地開場：「近日連續的暴力事件，直接衝擊到本府威信，我要求限期破案！」

「長官、各位同仁，在座的都是自己人，我就不客氣說了，現在的臺北市，誰敢公然跟政府叫陣？而且如果不是為了南港開發案，有什麼理由殺害議員？還不都是財團在背後指使？種種囂張的行為，已經從過去的金錢收買賄賂，得寸進尺到用暴力對付不合作的對象。最讓人心寒的是，連最基本的醫療資源，可能都已經遭到把持。我不是醫療專業，至少都知道腹部中槍應該盡快手術，中央醫院是全國最大的醫學中心，理論上議員在那裡應該受到最完善的照顧，結果竟沒有人幫他開刀。

放眼臺灣有誰的勢力那麼大，影響力能從地產開發業橫跨到醫療業，連政府都不放在眼裡？」說話的是向來嫉惡如仇的臺北市警察局長羅志豪，也是謝文華一路從基層警員提拔上來的左右手。

「羅局長，這樣的指控茲事體大，沒有證據可千萬不要亂講話，小心得罪人。市府裡說不定有眼線，你想想議員的下場。」有薛克文的前車之鑑，一旁的幕僚小聲地提醒羅志豪。

「就算有證據，難道就有人敢講？再不採取行動，這個城市乃至國家就要被大財團給綁架了，而你們這些鄉愿怕事的公務員，也是這個結果的幫兇！」羅志豪憤憤不平地說。

「亂世之中，當有英雄橫空出世，我們需要不畏惡勢力的團隊！」冷眼看著眾人的激辯，謝文華握拳用力敲了一下桌子，才讓眾人安靜下來。

市政會議結束，大批媒體守在門外，等待市府最新的說法。記者會上市長除重申打擊犯罪的決心外，也表示目前市警局已經掌握可靠情資並鎖定特定對象，相信很快就能破案。

「傳聞說這不是單純黑幫惡鬥，可能有涉及政府高層的官商勾結，市府這邊有什麼看法？」

「抓到的嫌犯會不會只是替死鬼？有把握將幕後的犯罪集團一網打盡嗎？」

對於如此簡短的聲明，媒體當然不滿意，因此記者們連珠砲地提問，但市長表示其他無法奉告。

就在市府人員陸續離開時，有個記者把麥克風湊到隊伍最後的警察局長羅志豪面前，突然地問了一句：「市警局這邊會不會針對官員的維安做補強，以免又有官員受害？」

羅志豪頓了一下，目光飄向自己的直屬長官，當見到謝文華對他微微點了一下頭後，他一字一頓地在鎂光燈前宣示：「不管是將相王侯還是富商巨賈，對警方來說，罪犯就是罪犯，絕對不會姑息！我們會加強各級長官的維安工作，不過我也在這裡告訴歹徒，有膽子就衝著我羅志豪來！」

此話一出，立刻引起在場媒體一陣騷動，羅志豪的發言顯然不是衝動為之，而是在市長授意之下放話，言下之意無異於宣示，涉案人並非一般歹徒，而直指財團或高官。

然而就在公開宣示要打擊犯罪後，羅志豪卻一反常態地缺席了專案會議，甚至接下來的一週都沒有出席任何公開活動，當媒體對局長行蹤提出疑問時，發言人只說局長身體微恙，但絕不會影響辦案進度。

直到一週後的市政會議，羅志豪再度現身，說話的聲音雖不似平日的中氣十足，但在會後面對媒體追問過去健康狀況時，依然虛弱中帶著堅定的語氣，自己已經完全恢復，將與市民站在同一陣線。

「羅志豪居然沒死？他那麼厲害，受了這種傷還能夠不藥而癒？」看著羅志豪出現在電視新聞的畫面，邱世郎氣得破口大罵，顯然不相信警察局長能大難不死。

然而事實擺在眼前，羅志豪還活得好好的。

雷龍也對這個結果相當不滿意，整個下午碎嘴都沒停過，「我就說當時如果直中要害，今天就不會節外生枝了。前一次攻擊議員，道上都以為是我手下留情，這次又弄巧成拙，要是一再失手，可會讓我在兄弟面前抬不起頭。」他還不忘趁機酸一下余小曼。「我說余大夫，您的本業是醫療，還是專心救人就好，殺人的事還是留給我們專業的來。」

雷龍一直都是邱世郎身邊的左右手，幫他解決所有見不得光的骯髒事，但自從這位余醫師從宇海集團的醫療事業部被提拔上來後，雖然號稱首席醫療顧問，其實也是邱世郎的情婦。這讓跟著邱世郎打天下多年的雷龍相當不是滋味，他常跟其他兄弟抱怨：「出生入死的是我，吃香喝辣、在背後出一張嘴的卻是余小曼！」

「不可能！胸部穿刺傷造成的氣胸，沒道理恢復這麼快，一定接受過專業治療。」余小曼有豐富的醫學背景，很清楚開放性氣胸可能的後果。

「閻王要你三更死，誰敢留人到五更？居然有人敢跟我這閻羅王作對！要是讓我知道，是誰出手救了羅志豪，我一定不會放過他！」邱世郎冷冷地說。

「據我所知，北區有能力處理這樣外傷的醫院不超過三家，醫生也不超過十個。北區醫療的三大體系，軍方體系、公立醫院體系和私立醫院體系，都有我的眼線，羅志豪並沒有被送去這些地方，列在名單上的醫師們最近也都正常看診，沒有異常行程。」

要是幾年前，或許還有不少一線醫師可以處理這些複雜的外傷，但幾年來醫療環境持續惡化，有能力者不是退休就是轉行，還在第一線拚命的醫師確實屈指可數。余小曼是醫師出身，又長年在宇海集團的醫療事業部拓展業務，和各大醫院都有不少接觸，自然很清楚各醫院的現況。

「會不會是中央醫院的醫師？大部分的政府官員都是送到中央醫院治療，聽說上次他們居然敢違抗命令，想要幫薛克文開刀。」雷龍在一旁插嘴。

「中央醫院雖然是最有能力處理外傷的醫院，不過有高特助在監視，他們投鼠忌器，沒有任何動作。而且外傷中心的呂恆賢已經躲到國外，名義是渡假，但我看短時間內不敢回來。」

「這段時間羅志豪究竟去了那裡？你確定他一直都在市政府裡？」雖然宇海集團安插在市政府內的眼線信誓日旦地表示，曾見到警察局長被送進市府的醫務室，而且這幾天除了每日送餐人員與輪班照顧的護理師，完全沒有其他人進出，邱世郎仍對這一切感到半信半疑。

「事有蹊蹺，我會盡快查清楚。」余小曼似乎嗅出了這當中的不尋常。

見邱世郎和余小曼討論得熱烈，雷龍卻對這個話題一點興趣也沒有，在他的想法中，誰阻礙計畫的發展，就把誰給殺掉，這是身為一個職業殺手被賦予的原始任務。但既然是職業殺手，有一件事非在乎不可。

他好不容易逮到老闆講話的空檔：「總裁……呃……不好意思，您要我對付的人，都是些高官政要，風險可比一般的小角色高得多，您先前答應過的那筆錢……可是我去過會計部，他們說金額太大，沒有獲得總裁的授權……」雷龍囁嚅地表達自己的訴求，即使是人人談之色變的殺手，仍不得不在金錢下低頭。

邱世郎瞧了雷龍一眼：「怎麼？卓世雄沒處理好嗎？錢的事都由他來經手，該給你的少不了！」

「我知道不該纏著您講錢的事，不過卓總找我麻煩、推三阻四已經不是第一次，他目前人又在日本出差，我家裡面有些困難……」

「下不為例！知道嗎？」邱世郎雖然是集團內的暴君，但該給下屬的絕不吝嗇。他從白西裝口袋拿出自己的支票本和金筆，簽了個漂亮的數字給他。「喏！這數目夠了吧！」

拿到這張支票，雷龍心中一塊大石總算放下，原本擔心的生活費與孩子學費，都已經有了著落。他開心地想要抽根菸，但正當他掏出香菸時，余小曼突然對他大吼：「雷龍！我講過多少次了！要抽菸去外面抽，我可不想得肺癌！」

余小曼捅出妻子還敢如此傲慢，雷龍縱有諸多不滿，但礙於她是老闆的情婦，脾氣不便發作。剛好口袋裡也沒摸到打火機，他訕訕地走到外頭，叫手下幫忙點了根菸。

6

由於上週市政府裡發生的大事，這段期間的氣氛特別緊張，不但多出一倍的人力，每個人隨時都是荷槍實彈、繃緊神經。

下午四點半，是市長隨扈早班與晚班交接的時候，其中一位警官邀約同事：「待會兒下班要不要去喝一杯？我老婆帶孩子回娘家看外公外婆了，總算可以不用一下班就得趕著回家。」

「也好，反正我孤家寡人一個。倒是你一定得小心，要是又遇到上星期的事，有個閃失，你們一家老小可怎麼辦？」

兩人你一言我一語，聊起上星期在市政府停車場經歷的事件……

一週前的星期三下午，謝文華在照例開完市府的督導會報後，突然老毛病氣喘發作，於是取消原本預定的參訪行程，打算先回官邸休息，他在羅志豪與另兩位高階警官的護送下，到市府停車場開車。然而就要開出停車場時，守衛的柵欄卻未同步升起。一般來說，這是為了檢查洽公車輛與人員的身分，但見到市長座車，理應直接放行。

羅志豪第一個跳下車，對著守衛亭大吼：「你新來的嗎？市長的車你也攔！」但柵欄仍然沒有升起，守衛亭裡也沒有動靜。

羅志豪正待發作，打算衝進守衛亭裡興師問罪，沒想到裡頭竟竄出兩個戴口罩的黑衣人，其中一人拿槍抵住羅志豪的頭，另一人走向謝文華座車，一手拿槍指向車內，另一手拿著小型錄影機，他揮手示意車窗搖下：「手機交出來！否則局長沒命！」謝文華與另兩個隨扈見狀，只好將個人手機交出，沒辦法打電話求救。

「我們今天就是衝著你來！」拿槍抵住羅志豪的那人，外套口袋中拿出一把扁鑽，直接刺向心窩，車內三人嚇得閉上眼睛，不敢直視這血腥的一幕。但黑衣人似乎想起什麼，動作停頓一秒後，將扁鑽往旁邊移了幾吋，改刺向羅志豪的右胸口。

羅志豪應聲倒下，行兇的兩人也在這時快步離去。

「來人啊！快把局長送醫急救，打電話給中央醫院，要他們準備！」隨扈趕緊扶起倒在血泊中的羅志豪。

「不行！不能送醫，警察局長在市府停車場遇襲，這是有計畫的謀殺，送醫急救恐怕正落入圈套！」回過神來的謝文華趕緊阻止了隨扈，但這段話沒頭沒腦的，聽在隨扈耳裡卻大惑不解。

「不送醫怎麼行？局長胸口中刀，再不急救可就要沒命了，難不成您是怕消息走漏自己面子掛不住？事到如今，您居然只顧面子不顧下屬性命！」一旁的隨扈聽到謝文華如此決定，已顧不得禮貌與分寸。

「中央醫院已經被人控制，送去也只是落得跟薛克文一樣的下場罷了。先送到市府的醫務室吧！至少可以做簡單的包紮，其他我來想辦法。」謝文華指示兩人將羅志豪扶進市府的醫務室，接著便揮手要他們離開，臨去前還交待今日之事絕對不可以洩露。

這兩個隨扈從基層警員起就一路跟著羅志豪，因此對他既忠誠又有感情，此時他們又急又氣，見到堂堂臺北市警察局長，受了傷居然求救無門，但他也對市長的反應感到困惑，謝文華怎能如此臨危不亂？

「那天發動攻擊的人，很明顯是受過訓練的職業殺手，不過也算羅局長命大，胸口正中一刀，居然只送到市府醫務室擦點藥就沒事了。」

「這倒也是，這刀要是刺在你我身上，小命早就不保。」

兩人換下制服，邊聊邊走出市政府。

雷龍站在路口抽著菸，始終想不起前陣子才花大錢買的名牌打火機，到底是掉在哪裡。平時不修邊幅、省吃儉用的他，卻對打火機情有獨鍾，因此搞丟它令自己心情相當不好。再加上總覺得自己賣命豁出一切，但在老闆心目中的地位，始終比不上光說不練的卓世雄和余小曼。

冷風吹在臉上，吞雲吐霧之中雷龍想抒解一下情緒，也想起上星期奉命刺殺警察局長的驚險任務，還有邱世郎處心積慮布局的計畫……

當天在完成了老闆交代的刺殺工作，雷龍很有自信地回去覆命。自從跟著邱世郎開始，他總是使命必達、從不失手。雖然這幾次的任務，他必須用迥異於自己過去殺人快狠準風格的方式出手，但老闆的命令就是命令，身為部屬，就是要忠誠地執行主子交付的任務。儘管不理解何以要如此大費周章，在回程路上，雷龍的心情卻是得意的，因為這幾次襲擊的對象不同於過去只是和宇海集團有競爭關係的生意人，都是有頭有臉的政府官員，在任務風險大幅提高的狀況下，他相信自己會在報酬上得到該有的回饋。

「你這刀刺的位置不對，太靠近胸口正中央，這樣很容易把心臟或主動脈刺破，對方會當場死亡。」本以為會受到邱世郎的讚許，沒想到在辦公室裡回顧刺殺任務的影片時，余小曼對雷龍刺向羅志豪的胸部方位很有意見。自己在前線出生入死完成任務，卻讓人在後頭說閒話，這讓雷龍對余小曼相當反感。

「我過去在特種部隊受的訓練，一出手就要致人於死地，所以我幾乎是直覺地刺心臟，妳的要求卻是刺右胸，要把人刺傷而不刺死，這也太難為我了。」雷龍摸摸頭，似乎被罵得不知所措。

「左胸一刀斃命固然痛快，但我要你照我教你的方位攻擊，就是為了避開心臟與主動脈，這樣會造成嚴重的氣胸，但不會當場死亡。」余小曼在平板電腦上秀出人體胸腔的結構圖，「理論上這樣的傷，必須立刻插胸管急救，甚至需要手術。」

「你看看謝文華那沒用的傢伙，自己的部屬受傷，卻連醫院都不敢送。」由於新聞並沒有發布警察局長遇襲的消息，想必市府不敢聲張，邱世郎對這個結果相當滿意。

埋伏的眼線此時也回報，羅志豪在地下室的醫務室裡接受治療，雖然外圍有層層戒護，但裡頭只有一位護理人員駐守，平時僅提供市府員工簡易的傷口護理。

「羅志豪身強體壯，一時半刻應該撐得住，但沒有胸管引流，他會開始感到呼吸困難，最後窒息而死，這種傷害造成的痛苦與恐懼，遠比你一刀斃命來得更有威脅性。」余小曼很清楚穿刺傷造成的氣胸如果沒有放置胸管引流，傷者最後的慘狀。

思緒回到現實，雷龍自己也想不透，就算當時沒有刺中警察局長的要害，但憑他多年擔任殺手的經驗與手感，刺進羅志豪胸口的那一刀，也絕不可能沒有接受治療就自然痊癒。

7

多年前，某個值班的夜晚，陸辰杰接到急診室緊急通知。

「二十歲男性，被人發現倒在大樓遮雨棚，研判是高處墜落，有內出血合併休克！」

「立即安排手術止血！」他立即聯繫了手術室準備。

「病人身上沒有任何證件，不知道身分，也聯絡不到家屬，要直接去開刀嗎？」護理師對於沒有進行術前病情解釋，有一點疑慮。

「沒時間等了，救命比較重要！」

強大的撞擊力將內臟破壞得支離破碎，雖然陸辰杰已經用最快的速度將視線內所及的出血盡量控制，然而自骨盆腔底部卻持續有鮮血冒出。

「失血量已經超過三千cc.了，現在該怎麼辦？看起來血是從後腹腔流出來的，那裡的血管又多又雜，重點是在腹部最深處，止血相當困難！」陸辰杰的助手是第三年住院醫師，過去沒有遇過這種情形。

「打開後腹腔，我一定要找到出血點！」陸辰杰冷靜地說。

「你是認真的嗎？後腹腔是外科手術的禁區，要先破壞許多正常的組織結構才能進得去，所以一般的醫學文獻都建議盡量避開那裡，否則止血不成反而造成更大的破壞就糟了！」

「這是技術問題。」沒理會住院醫師的警告，陸辰杰已經開始動作。

可惜病人的出血已經不是陸辰杰的技術可以克服，後腹腔強行進入結果，原本只是滲血的部位變成大量出血。一時間慌了手腳，他只能不斷地用止血鉗四處亂夾，不確定是否能夾住出血的血管，更不確定是否有夾到不該夾的組織。

「這麼大的出血量，可能是髂動脈破裂，我要截斷髂動脈！」髂動脈是一條自腹部主動脈延伸至後腹腔的重要大血管，供應骨盆腔器官與雙下肢的血液循環。陸辰杰說的是一種相當原始的手術方式，當出現無法控制的後腹腔出血時，外科醫師會選擇犧牲這條血管以保全性命，然而此舉也將造成無法挽回的後遺症，輕則雙腿截肢，重則組織缺血壞死，因感染而敗血症死亡，因此很少有外科醫師敢這麼做。

「你確定？這樣代價會不會太大？」住院醫師對陸辰杰的決定不敢置信。

「和死亡比起來，有些犧牲是必要的，病人將來會感謝我救他的命。」

藝高人膽大的陸辰杰，在驚濤駭浪中完成這項手術。

警方透過附近監視器確認了傷患身分，他是現任立法委員的兒子，從學校的實驗室大樓不慎失足跌落。

起先家屬對陸辰杰讚譽有加，感謝他當機立斷，把這個年輕人從鬼門關給拉回來。當院長與院方公關人員探視傷患時，立委甚至當著陸辰杰的面要求院長：「這位年輕醫師很了不起，院長您一定要好好重用這個人才！」當時院內甚至流傳著小道消息，陸辰杰在立此大功後，將是下任外傷中心主任的熱門人選。

然而或許是對治療的結果有過度期待，當後續會診的骨科重建醫師宣布病人將終生不良於行時，病人與家屬完全無法接受，認為是陸辰杰的手術不當所導致。

「我兒子好好一個人，被你搞成殘廢！」翻臉不認人的立委，氣沖沖地向陸辰杰興師問罪。

「這是手術可能的併發症之一，在生死交關的當下，我必須做出取捨。」陸辰杰很冷靜地向家屬說明，這類醫療爭議過去並不少見，他認為只要說明清楚，家屬就可以理解。

「做這個決定之前，你有沒有問過其他醫師？貴院有這麼多醫學專家，憑什麼你一個年輕菜鳥就做決定？」

「這跟資深資淺無關，我相信任何人在當下，都會做這樣的決定。」陸辰杰毫不屈服的態度，令平時頤指氣使的立委更是火冒三丈。

「院長，發生這種嚴重的醫療疏失，已經證明他根本不適任，我要求貴院做出必要懲處，給我一個交代！」即便院長親自趕來安撫，立委仍相當不客氣。

科內為了陸辰杰的案件，召開專案檢討會。

「小陸！貿然打開後腹腔，又貿然截斷髂動脈，會不會太衝動了點？」說話的是呂恆賢，他是比陸辰杰大幾屆的學長。

「當時狀況危急，能做的選擇不多，而且我認為自己的技術可以做到。」

科內另一位資深醫師問陸辰杰：「對於這種ＶＩＰ病人，你怎麼沒有跟上級長官報告一聲，就一個人硬幹？」

「病患到院時是無名氏的身分，根本不知道他是立委的兒子。況且無論是權貴或平民百姓，我的處置原則都一樣！」陸辰杰振振有詞，不認為自己有錯。

「治療外傷有標準的步驟，不是讓你逞英雄的！這個病人如果當時先用止血紗布壓住出血點，然後趕緊尋求放射科醫師的協助，透過血管攝影栓塞止血，不會是今天這個局面！而且你太太本身就是放射科醫師，怎麼沒有想過要這樣處理？」呂恆賢說的是國際上最新的治療方式，同時結合外科手術與放射科的血管內治療，達到最佳止血效果。

事實上當事件發生後，陸辰杰曾自我檢討，也的確與方璇討論過用血管內治療來代替不確定性極高的手術探查。只是當時的他，落入了許多外科醫師共通的盲點，以為手術刀就是一切，對自己的外科技術過度自信。因此當同事提出質疑時，他一時為之語塞。

「既然科內醫師們都不贊成你的處置，院方無法幫你背書，立委那邊我很難替你講話……」陸辰杰的直屬長官沉吟了一會，「你先休息一段時間吧！對外我會說你身體不適自動離職，這樣大家還可以好聚好散。」

這些年陸辰杰無論在臨床表現還是學術研究上都竄升太快，前陣子傳出可能接任主任一職的耳語，更是直接威脅到他的上司。出現這個千載難逢的機會，主管自然是打落水狗、落井下石……

突地鬧鐘響起，陸辰杰自惡夢中驚醒，連續幾晚思索著薛克文的治療方式，卻也勾起多年前那不愉快的回憶。他睡眼惺忪地看了一下時間，早上六點十五分，今天不用看診，答應了帶方璇去郊外走走。

「前幾天衛生局來診所抽查，結果如何？」前往陽明山的路上，方璇不經意地問了一聲。

「什麼抽查？」陸辰杰似乎沒弄清楚方璇的問題。

「自己說的話都不記得了，那天你不是說診所臨時有事，所以沒辦法跟我一起去吃喜酒？」方璇雖然表情平靜，其實對那天的事耿耿於懷，再加上她注意到陸辰杰最近的生活習慣有明顯改變，常有不明號碼的來電，而過去他從不避諱在自己身邊接聽每一通電話，現在卻常躲進房間或廁所講話；明明就該是就寢時間的大半夜，手機訊息卻響個不停，向來不理會這些訊息的他，現在卻連一封都不肯錯過。

「喔……妳說那個啊！還好，一切順利。妳知道的，這種抽查多半都只是做做樣子。」陸辰杰猛然想起上週三的事，但說話變得有點結巴。「我太專心在開車，所以忘記了。怎麼，妳不相信我？」陸辰杰語氣有點心虛。

「我一直都很相信你，希望你不要辜負這份信任。」方璇意有所指，但沒有戳破他，方璇那天撥電話到診所，護理師卻說他整個下午都沒來。

或許是為了刻意避開話題，陸辰杰打開車上的收音機，「聽聽廣播吧！不知道有沒有好聽的新歌。」

「新聞快報，檢方偵辦議員命案有重大突破，目前已經掌握涉案歹徒身分，警方稍早將嫌犯藏匿的大樓包圍逐一清查。現場傳出多聲槍響，已知有警員中槍，最新情況請持續追蹤本臺報導。」廣播中插播了一則新聞，目前正處於警匪對峙的緊張狀態。

「希望快點把這些惡徒逮捕歸案，也希望受傷的警察沒事。」方璇自言自語著，但她也發現，雖然想藉廣播來緩和氣氛，陸辰杰的情緒卻明顯開始不安。

方璇不是個愛胡思亂想的人，多年來夫妻的相處，一直信任自己的丈夫，此時她直覺陸辰杰一定有什麼事瞞著自己，現在的不安是因為謊言被識破的心虛。種種事證，讓她不由得產生不好的懷疑與聯想。

此時陸辰杰的手機響了一聲，那是通訊軟體有新訊息的聲音，陸辰杰右手握著方向盤，左手滑了一下手機：「小璇，我媽說她身體不舒服，要我去看看她。妳想不想去逛百貨公司的週年慶？我記得妳說喜歡一件外套。待會我先送妳去東區，然後我去一下我媽那邊，晚點再去百貨公司接妳，想買什麼就刷卡，當作今天不能陪妳出去玩的補償。」沒等方璇同意，陸辰杰就準備迴轉。

「你這是什麼意思？媽不舒服，我陪你一起去看她。而且她老人家連手機都不太會用，我不相信她會發訊息給你！」方璇一連串的質疑，顯然非常生氣，而且她一點都不相信陸辰杰說的話。

陸辰杰被方璇問得啞口無言。

「你到底要赴誰的約？」基於夫妻間的信任，方璇向來不檢查先生的手機，但此時又急又氣的她，想看看是誰發的訊息，卻發現是需要解鎖的加密訊息。

「沒事的，別想太多！不然我在這裡放妳下車，妳自己搭計程車回家，晚點我就回去。」沒想到陸辰杰竟在路邊趕他下車，沒有道歉也沒有解釋。

站在路邊，方璇的腦子一片空白，她不敢相信自己的老公會這麼對待自己。發呆了半晌，她攔下後頭一輛計程車，交代司機：「跟著前面那輛銀色轎車！他去哪我就去哪！」坐在計程車後座，視線卻緊盯著前方那輛車，她今天一定要知道陸辰杰去哪裡。

計程車尾隨開到百貨公司與電影院林立的信義區，豈知陸辰杰竟不顧路邊的紅線與交通警察，大剌剌地就把車臨停在路邊，然後走進威秀影城裡。

沿著陸辰杰的路線追去，方璇一路追到電影廳售票口，見到陸辰杰已經拿票進場，方璇顧不得此地是大庭廣眾之下，放聲大喊：「陸辰杰，你給我停下來！」但不知是人聲鼎沸蓋過自己的音量，或是陸辰杰刻意忽略，他已經消失在觀影人潮裡。方璇回身想買張票追進去，但放眼望去，所有排隊窗口或自動售票機都有人，現在排隊一定來不及，況且自己連陸辰杰進哪一廳都不知道。

追了大半個臺北，竟在這裡跟丟，方璇頹然走出影城，「他究竟跟誰去看電影？」她在馬路邊呆了半晌，無意識地攔了輛計程車。

「小姐，您要去哪裡？」

聽到計程車司機的發問，才讓方璇回過神來。「隨便吧！我也不知道……」

計程車走走停停，最後方璇決定在中正紀念堂下車，或許呼吸一下開闊的空氣，能讓自己好過一點。不巧天空這時卻下起雨來，路人們紛紛撐傘或躲進騎樓，只剩她一個人如行屍走肉般，漫步在雨中的自由廣場。

8

生命徵象儀與輸血加壓器的聲音此起彼落，受傷的員警奄奄一息地躺在手術檯上，點滴持續輸血中，幾個藍衣人在傷患身邊忙前忙後，一個坐在電動輪椅上的男子，正指揮著他們調整各種輸液、藥物與儀器。

「現在狀況怎麼樣？」一個蒙面人走上手術檯。在壓低的帽緣與緊閉的口罩後頭，只露出一雙炯炯有神的大眼，而他手術服的左手臂章，是一個大大的英文字母「J」。

「腹部中兩槍，是很嚴重的出血性休克，目前已經輸血四千cc.了。」輪椅上的男子與蒙面人交換病情與治療計畫，在他制服的左手臂上，則有個英文字母「C」。

「馬上準備開腹手術，我要幫他止血！」蒙面人簡短而果決的命令。

「一切就拜託你了，Dr. J。」輪椅上的男子啟動麻醉機，受傷員警很快進入昏睡狀態。

這家醫院空間不大，嚴格說來只有「診所」等級的大小，但有三張手術檯被配置在正中央，彼此由玻璃隔間分開，因此放眼望去，空間顯得開闊許多。有限的空間之下，手術檯周邊設有麻醉機、輸血加壓器、葉克膜體外循環系統、移動式電腦斷層與移動式血管攝影等最先進的設備，足以進行各種高階手術；圍繞著手術檯旁的空間，也被玻璃隔為三間加護病房，裡頭呼吸器、血液透析設備、獨立負壓空調、可動式X光機一應俱全，可說是最頂級規格的重症加護病房；其他如血庫、藥櫃、各種醫材備品充足，自然不在話下。

從硬體設備來看，這個小空間的配備幾乎等同於國家級醫學中心的水準。

蒙面人深吸一口氣，用熟練的手法畫開傷患肚皮，鮮血瞬間如噴泉般湧出，突地一道強勁的血箭噴在臉上，將口罩染成鮮紅，但他並沒有閃避，也沒有因此停下動作，反而更睜大眼睛，盯住鮮血噴出的部位，然後直接用手指壓住。

「止血紗布、縫合針線！快！快！快！」他近乎完美的止血動作又快又純熟，擔任助手的藍衣人必須全神貫注才能跟上節奏。

然而在快速控制住肝臟、腸道與腹壁上多處出血後，仍有鮮血不斷從下腹部最深處的後腹腔冒出，貫穿腹腔的子彈顯然造成後腹腔的大血管破裂，從散落一地的止血紗部與血漬來看，出血始終無法有效控制。不知是龐大的心理壓力，還是密不透風的口罩所致，斗大的汗珠在他的額頭上打轉。

「血壓仍然相當不穩定，A型血再輸四個單位！血庫還有存血嗎？」

手術檯上，Dr. J專注地開刀，手術檯下，坐輪椅的男子指揮著其他助手幫病人繼續輸血，不過由於用血量過大，血庫也已經亮起即將用罄的紅燈。

「Dr. C，來自後腹腔的深層出血，單靠手術治療有一定的困難。我需要血管攝影的設備與放射科醫師協助，才能深入確認後腹腔的主動脈、脊椎動脈與髂動脈的出血情形，必要時使用血管內治療將受損的血管栓塞止血。」被稱作Dr. J的外科醫師，這時才抬起頭來，他稱那位輪椅上男子「Dr. C」，並說明他的計畫，依經驗判斷，如此頑強的出血，需要的不只是手術刀而已。

「血管攝影設備沒問題，我們有最新的儀器，這間手術室配備最新的 Hybrid OR 整合型手術系統，可以同時執行手術與介入性影像治療，不過操作血管攝影機的人員……」Dr. C 這時似乎有些為難。「我從三年前開始打造這個基地，硬體設備雖然已經齊全，但要召募適合的人選並不容易，再加上邱世郎的勢力擴張太快，不得已只好倉促起用，因此負責血管攝影的放射科醫師還沒找齊。」

外傷醫療的鐵三角，就是外科醫師、重症加護醫師，還有介入性影像治療的放射科醫師，這三者缺一不可！少了放射科醫師，許多腹部深層的出血將很難處理，那些位置往往是外科手術的極限。

「先前我聯絡上一位已經移居日本多年的資深放射科醫師，他答應當地工作告一段落後，會回來幫忙一段時間，可是事出突然，遠水救不了近火。」Dr. C 語帶無奈地說。

「周邊幾家醫院應該有人能夠支援？據我所知，聯合醫院放射科的邱主任，還有另一位專攻外傷治療的覃醫師，都是血管攝影止血的專家。」

「醫院體系已經不能信任了，各醫院內外都有邱世郎的人馬盯著，再加上各種威脅利誘，根本沒有醫師敢接下這些工作，連全國最大外傷中心的呂主任都選擇避走國外。」

「時代真是不一樣了，以前是黑道人物受傷，因為怕曝光不敢送醫，現在居然是警察受傷，卻畏懼黑道的淫威而沒地方治療，簡直是無法無天。」Dr. J苦澀地乾笑了幾聲。

「還是我們找……」Dr. C似乎想到什麼，卻欲言又止。

「不行！你想都別想！不要把她給扯進來！」不知為何，Dr. J不等Dr. C講完，就斷然拒絕他的提議。

「現在是人命關天的時候，除了她也沒有別人能幫忙了。而且就如現在的情況，沒有血管攝影輔助止血，前面的努力都是白費。」

「當初我答應你加入這個計畫，既是為了公理正義，也是因為我們的私交，但你忘了我們講好的約定嗎？」Dr. J越說越激動，「沒有支援就沒有支援！兩害相權取其輕，與其讓病人流血致死，我決定打開後腹腔，直接將他的骼動脈截斷！」

後腹腔對許多外科醫師來說，是充滿危險的禁地，不僅結構複雜，又位處腹部深處難以接近，要截斷位在後腹腔的骼動脈，手術的難度極高。Dr. J做此決定，若非逼不得已，就是對自己的技術有相當的信心。

「截斷骼動脈？這個術式既困難又危險，已經很久沒有人使用了。況且這位員警是長期糖尿病患者，免疫能力本來就不好，若是把骼動脈給截斷，除了兩條腿勢必是保不住，終究還是會因為敗血症感染而死，你要想清楚啊！」雖然沒有實際參與手術，但坐在輪椅上的Dr. C很著急地試圖阻止Dr. J。

「當初你答應過，會替我保守祕密，這個身分絕對不能洩漏。而且我不能讓她為這件事涉險，這是目前唯一的辦法。」

「我知道你很有原則，也知道我對你的承諾，可是眼前的傷患生命正在流逝，如果沒法子挽救，參與這個計畫的伙伴的一切努力都會白費。」Dr. C懇切地說。

「好吧！但就只有這一次，而且你要確保她的安全。」思考了半晌，Dr. J才勉強答應。

得到Dr. J的首肯，一旁協助的護理師立刻發出簡訊。

「認真考慮一下我的建議，你已經走投無路了。既然現在沒有任何一家醫院敢用你，這是對你最好的選擇。」

「這件事情來得太突然，坦白說，我沒想過出國進修的事，必須考慮一下。」

四年前的某個晚上，在安和路一家小酒吧裡的最角落，兩個男子低聲交談著，年紀約莫相差十來歲。

「在目前外傷界的新生代中，你的手術技巧已經是箇中翹楚，但是實戰經驗還不夠，再多幾年磨練，一定可以達到巔峰！」年長的這人邊說，邊幫對面的年輕人把酒倒滿。

「這得和家人商量，畢竟經費是最實際的問題。」

「我可以幫你弄到經費支付這三年的必要開銷，你只要專心精進自己的技術。頭一年先到美國東岸最大的亞當斯外傷休克中心訓練高階外傷手術，第二年再到南加大附設醫院專攻體外循環系統在外傷病患的應用，最後一年在西雅圖的哈玻薷外傷中心急診室參與第一線外傷評估，增加實戰經驗。」他口中說的這三家醫院，都是全世界最頂尖的外傷中心，只要能從其中任何一家完成訓練，都足以是一方之霸，更何況是集三家機構專長之大成。

「好，我願意！」年輕人的眼中發出渴望的光芒，兩人乾掉了這一杯。

警告血壓不穩定的蜂鳴器又尖銳地響起，把Dr. J的思緒從四年前拉回現實，這時他發現，自己身後多了一個人。

9

承受著遭到背叛的痛苦與不安，方璇對路邊的人聲、車聲充耳不聞，許多過往回憶一一湧上心頭。四年前陸辰杰遭到院方逼退，身為妻子的她同步遞出辭呈表達支持，又在毫無心理準備與足夠存款的狀況下，就陪著陸辰杰飛往美國進修圓夢。兩人在異鄉的三年，更有許多不足為外人道的挫折……如今總算有了相對安穩的工作與生活，她不敢相信陸辰杰會這麼對自己。

她反覆思索自己的下一步，到底要回家和陸辰杰攤牌，還是回南部娘家療傷，又或者乾脆買張機票出國散心，心中頓時浮現許多計畫，卻舉棋不定。

忽然間手機傳來一封簡訊：「行動代號HOPE：方璇醫師，陸醫師需要您的協助，請速至信義威秀影城，一樓倒數第二臺自動售票機，有進一步指示。」

這讓方璇更加疑惑了，眼前發生的事似乎推翻了自己先前的猜測，再對照這陣子陸辰杰不尋常的行為，難不成他碰到什麼麻煩，而不敢對自己說？她腦海裡閃過各種可怕的念頭，包括陸辰杰可能遭到綁架，或診所的工作遇上黑道勒索……

方璇依照簡訊指示到了信義威秀影城一樓，自動售票機前有不少等待觀影民眾買票，唯獨倒數第二臺售票機沒有人排隊，上頭掛著大大的牌子「故障待修」。她滿腹狐疑地按下售票機螢幕，果然電腦處於當機狀態，一點反應也沒有，只有畫面右下角有個紅色按鈕「ＨＯＰＥ」。

「這軟體工程師的英文也差了吧！連尋求協助的『ＨＥＬＰ』都會誤植成『ＨＯＰＥ』。」方璇看著這個莫名其妙的按鈕，不由得自言自語抱怨幾句，但還是將手指按下，此刻她沒有選擇，只想搞清楚究竟發生什麼事。

就在她按下按鈕後幾秒，螢幕上的購票畫面轉為幾個數字：「５５６４」，接著出票口便印出一張電影票，九號廳第N排十七號。

九號廳今天放映的是當紅兒童節目改編的卡通，見到方璇拿票進場，負責收票的工讀生露出很疑惑的表情，這種電影多半是家長帶著孩子闔家觀賞，為什麼會有一位年輕女性獨自來看？

當然方璇進戲院的目的也不是看電影，她忐忑不安地在第N排十七號坐定，令她不解的是，假日該是爆滿的影廳，自己的座位前後左右卻都沒有人坐。電影開演後，前排的小朋友們都被劇中的唱唱跳跳所吸引，方璇一個人看著螢幕發呆，突然她發現，座位扶手內側似乎有如鍵盤般的按鈕，想起售票螢幕上的數字，她滿腹狐疑地按下「５５６４」。幾秒鐘後，她所坐的N排十七號座位突然快速下降，進入影廳下層的密室，有個藍衣人已經在這裡等候。

「方醫師，這邊請。」這人居然認得方璇，只見他按了牆上按鈕，前方一道暗門打開，而影廳的座椅則上升回原處。

暗門之後是一條約可讓人側身走過的隧道，昏暗的燈光再加上看不到路的盡頭，方璇顯得相當緊張。或許是看出她的不安，藍衣人一邊在前頭帶路，一邊回頭向她說明：

「這條隧道是臺北市政府的祕密聯外通道，連接市府地下市和威秀影廳，座椅上的密碼在每一次任務啟動時都會更新，自動售票機會根據每次任務召喚人員的指紋進行身分確認與密碼授權。Dr. C 和 Dr. J 已經在市府內等您，請跟我走。不用擔心，到時候自然有人向您說明一切。」

「任務？Dr. C？Dr. J？」原本不說還好，他這一番解釋，卻令方璇更加疑惑。

隧道盡頭的防火門一推開，映入眼簾的是燈火通明、設備齊全的手術室，如果不說是在市政府內，簡直就跟一級醫學中心沒有兩樣。方璇環顧四週，陳列的器材與藥品都是最高等級，甚至有幾位熟面孔的護理人員正忙進忙出，他們也都是各大醫院的一時之選，手術檯上的醫師雖然戴著手術帽與口罩，方璇仍一眼就認出是陸辰杰。

這時有個坐在輪椅上的男子緩緩靠近：「方醫師，好久不見。」

「學長？怎麼是你？這裡到底是哪裡？」

被方璇稱作學長的人叫孫嘉哲，曾經是麻醉科醫師、也擔任過加護病房重症照護醫師，是陸辰杰與方璇離職前的老同事，聽說他幾年前出過一場車禍後便離開醫界，而隨著兩夫妻後來也離開中央醫院，大家更是沒有聯絡。

「歡迎光臨H. O. P. E.反恐戰術醫院。」

「反恐戰術醫院？」方璇不解地自言自語。

「我們現在在臺北市政府地下五樓，當初北市府在興建時，就設計了這條祕密通道，做為長官或重要人士緊急徹離時使用。過了幾年電影院在出口處落成，剛好成為最佳掩護。原以為太平盛世根本用不到，沒想到最近竟然派上用場。」

「你不是在開玩笑吧！聽起來真像電影情節。」即使親眼所見，方璇仍覺得不可思議。

「最近的新聞妳也看到了，黑道集團日益囂張，居然敢公然和官方對抗。我們也知道背後的主使者是宇海集團。除了暴力行為，他們還仗著在醫療業的勢力與人脈，控制了全國的醫療體系，維護治安雖然是前線警方的工作，但當後勤醫療遭到把持，對執法人員造成了很大的壓力。這種全面性的威脅不亞於一般的恐怖活動。

因此市長在上個任期便已開始規畫，成立一家反恐戰術醫院，做為對抗惡勢力時的後線支援，原本只是預防萬一的備案，但在不久前議員因為得不到妥善治療而死亡後，逼得我們不得不啟動這個計畫。前幾週，警察局長遇襲，為免消息走漏，我們也沒有將局長送醫，他就是在這個反恐戰術醫院接受治療的。」

「所以這個醫院是你一手打造的？」

「自從受傷之後，醫生也沒得幹，我就改到市政府上班，也算是半個公務員。」孫嘉哲打了個哈哈，「市長希望以我對急重症醫療運作的瞭解，幫他在市府地下室建立這家醫院，在這裡，我的代號是『Dr. C』。」孫嘉哲說著，秀了一下左手臂上繡著「C」的臂章。

「就算有足夠的設備，只有你一個人，沒有其他執行醫療工作的人員，這個單位如何運作？」

「當然不可能由我一個人撐起一家醫院，花錢買設備簡單，人才召募才是最大挑戰。要兼顧醫療專業與願意挺身而出的正義感，四年前，辰杰義無反顧地加入，他也是這個計畫的核心人物之一。辰杰的代號是『Dr. J』，『J』的意思除了取『杰』的諧音之外，也代表著『Justice正義』，他就是這麼一個足以代表正義的伙伴。」

「外傷治療最重視團隊作戰，就算辰杰加入，還是不夠吧！」

「其實在今天之前，我一直在物色適合的放射科醫師加入團隊，除了專業足以幫我們做正確影像判讀與各種影像治療，更重要的是，能和我們有合作無間的默契與信任。」

「所以你的目標人選是我嗎？」方璇對這一切，似乎還不大能接受。

「今天的警匪槍戰，有位員警腹部中了槍，在沒有可以信任的醫院之下，當然由我們反恐戰術醫院接手，Dr. J目前正在手術檯上幫他治療，不過他需要有人幫忙做血管攝影。我們都知道，妳的專長就是血管攝影栓塞，從來沒有妳處理不了的出血，起初Dr. J顧慮妳的安危不同意這麼做，但事出突然，為了受傷員警的生命，還是倉促把妳請來。」

「所以你在這裡的代號是『Dr. C』，既是『Commander指揮官』，又取『哲』的諧音？」

Dr. C微微一笑，沒有答話。

「指揮官不愧是指揮官，對我們的過去與個性都很瞭解。」雖然還有點模糊，但方璇總算對事情的來龍去脈可以拼湊出個大概。

「為了不讓計畫曝光，這個機構並不存在於任何官方的紀錄，只有幾位最核心人員能啟動，外觀上看就只是一般的醫務室。我們的行動代號稱為『希望計畫』，而這個反恐戰術醫院就叫作H. O. P. E.中心，全名是Hospital Organized by Pioneers and Elites，一家由菁英與先鋒組成的醫院，也是這個城市最後的希望！」說到這裡，Dr. C的眼神露出自信的光芒。

方璇此時才明白，自己牽涉入了如此機密的計畫中。

「小璇，接下來要交給妳了！後腹腔在出血，我已經用止血紗布暫時壓住，後續需要妳接手！」聽到方璇的聲音，原本專心開刀的陸辰杰抬起頭來，呼喊著方璇過來幫忙，這場景像極了多年前兩人一起併肩作戰的畫面。曾經無數個夜晚，他倆聯手救活不少瀕臨死亡的傷患，也在這樣的合作中培養出情感。

「零時差腹腔手術與血管攝影同步止血」是一項相當高難度的技術，除了醫師本身的個人技巧，團隊成員更必須對治療計畫有高度共識，陸辰杰與方璇心意相通，兩人默契自然不在話下。看到這樣的場景，方璇已經知道自己的角色。自從當年那件併發症案例後，為了不再重蹈覆轍，兩人曾經沙盤推演許多次，如何將外科手術與血管攝影無縫接軌，提高止血成功率與存活率。只是原以為離開了大醫院，不再有機會展現，沒料到多年後的今天會派上用場。

血管攝影室啟動，雖然已經有段時間沒操作這些設備，但方璇的功夫可沒擱下，熟練地穿上防護衣、將導管放進傷患體內，影像畫面中顯示後腹腔怒張的血管正持續出血中，經過一番努力，出血全面獲得控制，這條命總算是保住了。

「謝謝兩位醫師，我代表臺北市民和員警的家屬，感謝兩位的付出。」這時控制室的門打開，市長謝文華走了進來。

「我們今天圍捕的嫌犯叫作雷龍，就是犯下過去這多起重大刑案的主嫌，這傢伙早就前科累累、惡名昭彰。」市長接著說明案情的發展。「全世界都知道宇海集團是幕後的黑手，只是一直苦無證據，今天抓到雷龍算是一大突破，只要檢方找到能證明雷龍和宇海集團兩者之間有關，我們就能將邱世郎起訴。」

「這種職業殺手應該不會那麼輕易露出破綻吧！」雖然自己只是來協助醫療進行，但陸辰杰忍不住想知道這當中經過。

「前幾週，議員在內湖交流道遇襲，可惜所有的監視器畫面都看不清楚歹徒長相，沒想到天網恢恢疏而不漏，他在離開時，竟把自己的打火機掉在犯案現場。這傢伙大字不認識幾個，居然在上頭刻自己的英文名字。」說到這裡，市長不自覺笑了出來。「我們一直都知道他躲在民生東路的住宅區裡，但對方火力強大，為免逮捕行動傷及無辜，一直到今天趁他出門才有機會展開圍捕。雖然最終將他擊傷制伏，但也讓我方折損多位警員，倖存的這位，多虧兩位救了他。」

說到這，謝文華對方璇和陸辰杰深深一鞠躬：「亂世當出豪傑，醫中亦有俠者，兩位醫者可以說是當代俠士。」

「市長您過獎，我們只是略盡棉薄、為所當為罷了。」陸辰杰趕緊回禮。「時間不早，明天又是一週的開始，診所還得營業呢，該是回歸現實的時候了。」陸辰杰脫下Dr. J的手術服，換回自己的外套。

走出九號廳已是深夜，仍有不少年輕人在排隊買午夜場的電影票，陸辰杰牽著方璇的手：「我們已經好久沒來這裡，既然來了，不如也看場電影吧！」

排隊買票時，方璇還是忍不住發問：「你上次說有衛生局來抽查，其實你根本不在診所裡，到底是去了那裡？」

「不然妳以為警察局長中的那一刀，是誰把他治好的？」

誤會冰釋，方璇燦爛的笑了，她和陸辰杰的手緊緊握在一起。

10

臺北看守所的偵訊室裡，雷龍肆無忌憚地蹺著腳，對檢察官秦宇翔的訊問滿不在乎：「不管你問什麼，我都不會回答，除非律師在場！」

「光天化日下殺掉兩個警察，還有一個重傷，光這條殺警罪就足以判你好幾個死刑。你現在已經是邱世郎的棄子了，你覺得誰會幫一個必死之人請律師？」不同於偵訊室外對雷龍怒目而視的警察們，秦宇翔不慍不火地反問雷龍。「你現在唯一的籌碼，就是幫我們指證邱世郎。老老實實交代槍枝來源、誰是背後主使者，還有議員的案子，你也別想自己一個人扛下來。」

聽完秦宇翔的分析，雷龍陷入沉默，他自己知道在沒有直接證據下，所有案子都可以矢口否認到底，但一時衝動的拒捕，眾目睽睽下殺了警察，將令他沒有任何辯解機會。

「如果你肯配合，我還可以幫你點忙。看看門外那些警察，你殺了他們的弟兄，每個人都巴不得吃你的肉，你說你走不走得出北所？」

雷龍聽到這裡，下意識地抬了抬頭，正好與偵訊室外瞪著他的兩個警察四目相接，可以感受到對方眼裡的怒火。

「等到開庭的時候，我可以幫你跟法官求情，說你是受人指使，並且犯後態度良好，應該有很大機會改判無期徒刑，之後在牢裡乖一點，沒有幾年就能假釋出獄。」秦宇翔威之以勢後再動之以情，希望能突破雷龍心防，如果能取得雷龍指控邱世郎的證詞，辦起案子來會簡單得多。換句話說，若案子只能辦到雷龍這裡，一切又得重新再來。

雷龍低著頭，似乎有點動搖。

「如何，有話跟我說嗎？是不是因為南港開發案，邱世郎才派你去殺議員？宇海集團內部，還有沒有其他高層涉案？」秦宇翔邊問邊按下錄音筆的啟動鍵。

「都是我一個人做的，沒有其他人參與。」

雷龍的回答令秦宇翔大表意外。「你真要一個人扛下？」

「反正我橫豎都逃不了一死，那不如大方承認，所有的人都是我殺的。」

更令秦宇翔生氣的是，雷龍臉上那一抹得意的微笑。

其實這微笑的背後，雷龍的內心卻相當苦澀。身為受僱的職業殺手，除了使命必達，東窗事發後的一力承擔，也算是這行起碼的職業道德。他早已收了邱世郎一大筆安家費，足已支付他和同居人所生的孩子，一路念書到大學的所有費用，況且他也知道，就算轉為汙點證人，邱世郎也會用各種方式要他的命。

「你這是敬酒不吃吃罰酒！別以為我沒有方法對付你。」秦宇翔憤怒地起身，但在臨去前，他又撥了一通電話。「蕭醫師，我人在北所，有案子要拜託你。」

走回囚室時，雷龍困惑的自言自語：「醫師？我沒生病看什麼醫師？秦宇翔應該是想破案想瘋了。」

「等會你就知道了，看你還笑不笑得出來。」負責押解雷龍的獄警，此時卻語帶玄機的說。

沒多久，囚房外出現一個面容猥瑣、個子矮小的男子，手中提著一個大公事包，幾個獄警見他便說：「蕭醫師這邊請。」

囚房閘門打開，四個獄警把雷龍按在床上，雷龍雖然強壯，仍抵擋不住四個獄警壓制。

「你們要幹什麼？想對我刑求嗎？難怪秦宇翔的案子定罪率那麼高，原來是靠刑求這種不入流的手段！告訴你們，我雷龍天不怕地不怕，不可能屈打成招的！」

對付不合作的嫌犯，秦宇翔有他自己的一套地下準則，獄警們早已見怪不怪。他們口中的「蕭醫師」名叫蕭磊，雖然確實畢業自國立大學醫學院，但其實並不具有醫師的身分。

在醫學院時，蕭磊的成績名列前矛，然而除了課業，卻幾乎沒有任何處理人際關係的能力。大四那一年的校內晚會，他的座位剛好在某位相當受歡迎的學妹旁邊，這位學妹是系上的風雲人物，長袖善舞人又漂亮。沒有任何戀愛經驗的蕭磊，竟異想天開展開追求，想當然耳是遭到狠狠地拒絕。班上同學雖然都安慰他勇氣可嘉，但其實暗中嘲諷他癩蛤蟆想吃天鵝肉，原本已經人緣不佳的蕭磊，從此更被當作異類排擠。

由於不懂得如何正確表達情感，他在醫學系七年級的實習時，又發生一次因為騷擾女病患被投訴的事件，斷了自己的行醫之路。原本孤僻的蕭磊，從此更加憤世嫉俗，不再與任何人來往，畢業後也沒人記得他的存在。

「嘿嘿嘿～不要講得那麼難聽，什麼刑求？我保證不會讓你受任何一點傷。」推推臉上的厚框眼鏡，蕭磊露出一口爛牙，發出尖銳的笑聲。

「你到底要對我做什麼？」江湖上打滾多年，雷龍什麼苦都吃過，此刻他卻感到莫名的恐懼。

「上頭說你在看守所兩天，心情不佳食慾不振，我怕你脫水營養不良，所以幫你補充一點水分。」蕭醫師從公事包中拿出點滴與針頭，又晃了晃手上的點滴袋，「喏，只不過是普通的生理食鹽水而已。」

他熟練地幫雷龍在身上貼好生理監測儀，再在兩腳幫他打上點滴，蕭磊自言自語著：「嘿嘿嘿～病人這麼壯，先給三千cc.好了。再加一支肌肉鬆弛劑，大家就不必壓他壓得那麼辛苦。」

沒多久，肌肉鬆弛劑藥效發作，雷龍雖然意識清醒，卻癱軟無力倒在床上，連話都沒有力氣講，接著蕭磊幫雷龍插上導尿管，只是不同於一般常規的自然引流，導尿管放置完成後，蕭磊刻意將導尿管關閉，不讓尿液流出。

「如果要你一口氣喝三千cc.的水，會發生什麼事？」蕭磊順口問了一旁的獄警。

「應該馬上就跑廁所吧。」獄警幾乎不假思索地回答。

「那如果不讓你上廁所呢？」

「人有三急啊！我會翻臉。」獄警對蕭磊的問題，不自覺笑了出來。

「嘿嘿嘿～那我們就看看病人會不會對我的新招翻臉吧，我把水從點滴直接送進身體裡，效果會比用喝的還快，而封住的導尿管會讓尿液積在膀胱流不出來，你說他能憋多久？」接著又是那令人渾身不舒服的笑聲。

「這樣好嗎？會不會搞出人命？我們可擔當不起啊！」其中一位獄警很擔心。

「我的任務是取供，目的不是要傷害嫌犯，所以我有三個基本原則，第一是有效、第二是不留下證據、第三是不能讓對象有長期後遺症，我的手法可是非常『人道』的！」

幾個獄警聽了面面相覷，對蕭磊這番似是而非的謬論感到意外，而且刑求方式百百種，這種既狠毒又不著痕跡的方式，倒是第一次聽過。

一小時過去，囚室中的雷龍開始冒冷汗，雖然沒法子移動身體，但情緒明顯侷促不安。

蕭磊看了看儀器，「尿急會刺激交感神經，心跳已經一百二十下了！」他看向雷龍，「不要用那種眼神瞪我，我和你無冤無仇，只是執行上頭的命令，你何時招供我何時收工。如果有話想講，就點點頭吧！我馬上幫你解除。」

雷龍神情痛苦，仍死命地搖頭。

「你還真能忍，看來得加快進度了，下午我還有別的行程，別耽誤我的時間。」

蕭磊從公事包中拿出另一支藥，「嘿嘿嘿～加點利尿劑效果會更好。」

五分鐘後，利尿劑發揮了作用，顯然雷龍的忍耐已經到達極限，心跳飆高到每分鐘一百五十下，額頭上滴下斗大的汗珠。

「真的沒問題嗎？我從來沒看過這麼激烈的反應。」連獄警都看不下去，對他們來講，雖然刑求這件事可以睜一隻眼閉一隻眼，但最低限度是不能出事。

正當獄警們打算中止這一切時，雷龍突然開始全身抽搐，緊接著失去意識。

「嗯，劇烈交感神經作用下，是會出現這症狀。先休息一下好了，讓他把尿排出來就沒問題了，理論上灌生理食鹽水不會有任何副作用。」蕭磊上前幫昏迷的雷龍釋放導尿管，瞬間流出來一千多cc.的小便。

心跳雖然慢慢跳回正常的七十幾下，雷龍卻沒有醒來，一測昏迷指數，蕭磊發現不對勁：「出事了！快找人幫忙！」

獄警們趕緊將刑求的器具收起，把混亂的囚室回復原狀，然後聯絡看守所中的醫療人員。但臺北看守所只有最基本的救護站，根本沒辦法處理嚴重的病人，初步處置後，就必須送到合格醫院接受治療。

「你在搞什麼東西？叫你問話，沒叫你弄出人命！」氣急敗壞趕來的秦宇翔，見到蕭磊劈頭就罵，對他來說，雷龍死不足惜，很快就會被社會遺忘，但他如果死了，邱世郎的案子就辦不下去，更令他在意的是，要是他刑求嫌犯的消息走漏，一世英名將毀於一旦。

「市立醫院已經聯絡好了，等救護車一來就可以馬上送醫。」臺北看守所與幾家市立醫院都有合作關係，負責受刑人的醫療業務，在秦宇翔趕到前，獄警已經聯繫好相關就醫事宜。為怕自己刑求雷龍的事跡敗露，秦宇翔和蕭磊隨著救護車，將雷龍送到醫院。

由於看守所裡每天都有人犯生病，後送更是如家常便飯一般，市立醫院的醫療人員見到檢察官親自陪同嫌犯就醫，也感到相當意外，最合理的解釋當然因為雷龍是整起案子的關鍵人物，檢察官才格外重視此事。

抽血檢驗很快就有結果，除了顯示體內水分多了點，沒有重大異常，可是當作完腦部檢查後，負責的醫師驚訝地說不出話，影像中雷龍的腦部嚴重萎縮，不像是年輕又壯碩的男子該有的大腦。

「我從來沒見過這樣的病例，大腦竟萎縮如此嚴重。」市立醫院的醫師喃喃道，在他有限的知識裡，無法理解何以一個年輕男性會有如此病況。由於診治過程完全沒有提到任何不當傷害的字眼，秦宇翔和蕭磊兩人鬆了一口氣。雷龍暫時被送進加護病房觀察，不過訊問也不得不暫時中止。

「給我一份完整的病歷報告！」秦宇翔向負責的市立醫院拷貝了一份雷龍的檢查資料，既然已經排除和蕭磊的刑求無關，那就更加啟人疑竇，天底下哪有那麼巧的事，就在要問出關鍵案情時，雷龍就發生意外，這當中一定有隱情。

見秦宇翔不再責難自己，蕭磊悄悄地離開現場，他是一個不該存在的人物，至少這點自知之明他是有的，此刻，他有另一個目的地。

11

「這傢伙到底在搞什麼，怎麼那麼不小心？還跟警察正面槍戰，這下成為現行犯，想賴都賴不掉。」宇海集團總裁辦公室裡，邱世郎正為雷龍的失誤而大發雷霆。

「這有什麼好生氣的？既然雷龍殺警的事證明確，那我們連辯護律師都不必幫他請了。就讓他把所有事給扛下來，問題不是就自動解決了嗎？」相較於邱世郎的暴跳如雷，余小曼倒是氣定神閒。

「照理說雷龍口風很緊，應該不至於出賣我們，就怕問訊時間一拖長，他會沉不住氣。打架殺人他雖然很行，就是沒腦子，一旦被檢查官突破心防，誰曉得他會不會講出什麼？況且現在被收押禁見，想要串供也沒辦法。」

「他很快就會真的沒有腦子了。」余小曼突然說了這一句。

「這什麼意思?」邱世郎一時沒有會過意來。

「總裁您日理萬機,大概不知道宇海集團的醫療事業部,曾經有個『CE計畫』吧?」

「那是什麼?」邱世郎搖搖頭。

「CE的全名是Cerebral Enhancement,也就是所謂的『大腦強化計畫』,在老董事長把事業交棒給您之前,已經進行多年,可惜一直沒有成效,所以在宇海的眾多開發案裡,始終不受青睞。」

「你說那個可笑的聰明藥計畫?我以前有聽說過,可是不早就胎死腹中了嗎?我老爸當年花那麼多錢,想要研發讓人智力增加的藥,到頭來只是一場空。我記得董事會裡還有人嘲笑他,說真正的聰明人才不會買這種藥!」邱世郎想起他父親多年前的失敗投資,一個野心勃勃卻無疾而終的計畫。

「其實依照分子生物學的理論,在藥理機轉上是可行的,五年前宇海在美國的實驗室成功合成出全球第一劑藥物原型，命名為ＣＥ－α，我就是這個計畫的主持人，我的團隊發現ＣＥ－α在老鼠的動物實驗上確實有效。只可惜這種研究嚴重違反醫學倫理，所以一直沒辦法進入人體實驗的階段，少了人體實驗的成效與副作用評估，就別想正式上市成為商品，因此ＣＥ計畫就這麼遭到中止。

「但就在所有文件與檔案都被銷毀之後，我意外發現實驗室裡有幾隻當初受試的老鼠還活著，可是動作明顯比其他老鼠遲緩，幾天後開始出現腦細胞退化的現像。我這才知道ＣＥ－α雖然有效，但會讓身體產生依賴性，必須持續施打，否則腦細胞不但不會再增生，甚至會開始退化。」余小曼道出這一段連總裁邱世郎都不知道的祕辛。

「由於沒有商業價值，ＣＥ計畫已經不存在於宇海內部，不過我一直都在實驗室裡繼續合成ＣＥ－α，而且我覺得用在人體身上，效果還不錯。」余小曼語帶玄機地說。

「我不明白妳的意思。」

「一年前，我開始幫雷龍和他的幾個手下進行改造，我告訴他們，宇海實驗室研發出一種可以提升肌耐力與判斷力的血清，其實就是摻了類固醇的CE－α。雷龍還真以為是我的藥物讓他更強壯，腦筋更清楚。但藥物的效力只有六十天，藥效一過如果沒有追加，會出現暈眩、抽搐、動作遲緩的症狀，最後昏迷不醒。算一算雷龍用藥的期限就是明天，若不在六十天內追加CE－α，他就會變成廢人一個。」余小曼說這些話時，慢條斯理不帶任何感情，聽得連素來心狠手辣的邱世郎都不寒而慄。

「妳的意思是說，只要在明天之前他沒有在檢察官面前亂講話，之後也就不需要再擔心了？」

余小曼沒有接話，只露出一抹詭異的微笑。

聽懂這箇中奧妙，邱世郎也笑了。「果然我老爸說得對，要成大事必須用腦袋。我真後悔居然埋沒妳在醫療事業部那麼久，沒有早點讓妳陪在我身邊。」

「不過有件事我反倒覺得很奇怪。那天圍捕雷龍的員警，有兩個頭部中彈當場死亡，另一個腹部中槍重傷……」說到這裡，余小曼沉吟不語。

邱世郎很有自信地說：「這有什麼好奇怪的？以雷龍的身手與狠勁，只差沒有多殺幾個。」

「頭部中槍當場死亡，只要有眼睛都看得出來，所以法醫當場驗屍，任誰都不會有意見。但腹部中槍的警察重傷送醫急救，我卻怎麼也查不到究竟送去了哪家醫院。那天兵荒馬亂消息滿天飛，新聞焦點都放在警匪槍戰與犧牲的兩個員警，沒有人去深究這當中的細節。載著重傷員警的救護車最後開去哪裡？難道說，真有一間我們查不到、也找不到的醫院？」余小曼一連說出這些疑點。

邱世郎也聽出事有蹊蹺，眉頭深鎖。

余小曼接著說：「那天我一直追蹤這則新聞到深夜，直到新聞臺收播前，都沒有再報導重傷員警的消息，只說當晚所有事件相關人員都聚在市政府內漏夜開會。隔天一早，市長謝文華開記者會說明，那個重傷的員警在緊急治療下，保住了一條命。」

「難不成又是市府醫務室？這醫務室的規格也未免太高了吧！」邱世郎忍不住調侃市政府的官員們。

「等等！醫務室……我們竟然忘了最重要的一環！」余小曼突然想起什麼似的，打開電腦快速在一筆筆資料中搜尋，沒多久便找到一筆八億五千萬的訂購單。

「這筆生意我記得，四年前臺北市立醫院要採購一大批高階手術室器材與影像設備，衛生局官員還有市立醫院幾個高階主管都被我給搞定，最後當然是我們宇海得標。」

由於宇海集團是做醫療器材進口起家，當邱世郎接班後，不同於其父親敦厚的做生意原則，改以強悍的作風陸續鬥垮其他競爭對手。搶下這筆臺北市政府的大訂單，就是擊潰最後一家競爭者的終極之戰，終於完全控制國內醫療器材的進口代理權，也是邱世郎的代表作之一。

邱世郎沉吟道：「我那時候還覺得納悶，市立醫院不過就是區域醫院的水準，為什麼要買那麼多醫學中心級的高階配備？而且用的還不是醫院自己的錢，而是動用北市府的特別預算。不過事後想想，也沒什麼好奇怪的，很多地方政府都會用亂買東西來消耗沒花完的錢，以免來年被議會刪減預算。」

余小曼問道：「臺北市立醫院有那麼多院區，最後機器裝在了哪裡？」

「衛生局的人說先擺在市府地下室的倉庫，等到忠孝院區的新大樓蓋好再搬過去裝機。會做這樣怪異的要求，更讓我認定採購目的只是為了消耗預算，否則機器就算沒有運轉，壽命也會不斷折損，況且科技日新月異，沒幾年新大樓蓋好，說不定又發展出更新的機型了。不過那時我只在乎生意談成，機器要擺哪裡不關我的事。」邱世郎點了點頭，「這樣就兜得攏了，我們一直被謝文華給耍得團團轉，我相信市政府裡一定有足夠的醫療資源，才不怕我們的封鎖。這個概念來自美國和阿富汗的反恐戰爭，在五角大廈裡頭就有一家祕密醫院，負責最高階主管或其他不能曝光人士的緊急醫療。」

邱世郎此時才明白，原來自己多年前一個不經意的決定，竟會牽連出後面意想不到的結果。

「可是就算有硬體，那誰是負責執行的醫療人員呢？」邱世郎想不透。

「這倒很好解釋，傳統的戰場醫療是儘速將傷患送至安全處接受治療，所以美國南北戰爭時才會發展出戰場後送的救護系統。可是自從波斯灣戰爭與阿富汗戰爭之後，老美就發現與其將傷者後送到其他醫院，不僅耗時而且變數太多，因此最新的觀念是把醫師送到最前線，把醫院設在戰場上。會想到在市政府內建立醫療系統，背後操盤的人絕對是高手，一定也想到這一點。」

「你是說把醫生護士送進去？可是佈在市府內的眼線說沒有可疑人士進出啊！」

余小曼也對自己的推論半信半疑：「到目前這都只是我的猜測，外傷病患的治療沒那麼簡單，需要一個完整的團隊，光是重症加護這件事，就一定要有人員二十四小時駐守，如果市政府內真有這麼一個祕密醫院，那一定有什麼我們沒想到的進出管道。原來我們一直漏掉這麼重要的一環，我得想想辦法，弄清楚他們是如何突破我們的封鎖。」

12

震驚社會的警匪槍戰與殺警案，想當然耳連著幾天都占盡各大新聞版面，當場死亡的兩位員警家屬，聲淚俱下地表達對兇手的不諒解，然而腹部中彈的員警家屬卻相當低調，不願接受訪問，也婉拒各方湧入的慰問與捐款。只淡淡地透過所屬分局發新聞稿表示：「目前尚有許多事待處理，希望在家靜養，感謝各方媒體朋友的關心。」

如此截然不同的反應，引起了周雪蓉的注意，她在報社的編輯會議裡特別建議：「我們應該在那位腹部中槍的員警上有更多著墨，家屬的冷靜反應我覺得有問題，也應該深入採訪傷勢與就醫過程。」周雪蓉用近乎慷慨激昂的語氣繼續發表自己的看法：「事實上，打從議員被殺開始，一連串重大的社會案件，整個城市的醫療體系似乎沒有隨著治安敗壞而上緊發條，許多荒腔走板的處置，就算民眾沒看出來，我們也應該發掘出真相。」

儘管看法獨樹一格，會議中卻沒幾個人支持，同事們一致認為傷者為大，不該為了自己無端的懷疑而捕風捉影，要是沒有處理好，不僅賺不到收視率，更可能會犯眾怒。

主管甚至直接告訴她：「雪蓉，這件事就到此為止，不要成天想那些不切實際的陰謀論了！」

在辦公室裡受了一頓奚落，周雪蓉還是不甘心，她深信這些案子間必有相關之處，而共通點都是醫療過程疑點重重，只要能找出當中不為人知的內幕，就能讓主管刮目相看。對新聞自由有著無可救藥的浪漫與追求的她，長期關注社會現象，除了固定寫採訪特稿，也常在自己的網站發表時事評論與觀察，她打定主意要抽絲剝繭，即便報社不肯刊登，也要在個人網站上揭露。

坐在咖啡廳裡，她將思緒重新整理一遍，列出採訪名單以及要釐清的問題，包括議員送至中央醫院後的治療決策，還有員警中槍後的去向，最好能夠調到當日消防局出勤與救護的紀錄。

周雪蓉親自走訪一趟中央醫院，想採訪負責議員治療的關鍵人物呂主任，卻撲了個空，院方僅回覆呂主任人在國外聯絡不上，回國時間未定，急診室裡其他的醫師與護理人員也都三緘其口拒絕受訪；更匪夷所思的是，當她轉往臺北市消防局，想採訪將中槍員警送醫的人員時，竟得到他們全都休長假的回覆，調閱救護紀錄的要求也以「不合規定」為由，被打了回票。

一整個下午，周雪蓉就在臺北市的各個角落跑來跑去卻一事無成，滿肚子氣的她打算下班後去吃頓大餐再去ＰＵＢ喝杯酒。沒想到福無雙至禍不單行，她臨停在人行道上的機車被拖吊了。看看時間，已經下午四點，為了趕在拖吊場下班前取車，周雪蓉趕緊搭計程車過去。當她準備了行照、駕照要排隊取車時，卻聽見櫃檯人員間的對話。

「剛剛那個人不知道是什麼大人物，居然有市長親自簽署的放行公文，連罰單都不用繳，就可以直接把車開走。」

「而且你知道他違規停車的地方在哪裡嗎？是信義計畫區耶！那邊都是人來人往的百貨公司和電影院，幾乎隨時有警察巡邏，他還敢把車停在路邊，代表他一點也不在乎。」

「想必是什麼有特權的大人物吧！」

聽到「特權」兩個字，記者的直覺讓周雪蓉豎起耳朵，這年頭民眾最愛看的新聞不外乎是揭露種種不公不義的特權行徑。她很快地辦完交車手續，三步併作兩步跑到停車場，就是想看看被市長特許違規停車的是何方神聖，剛好與正準備開車的陸辰杰四目相對。周雪蓉只覺眼前這人似曾相識，一時間卻又想不起曾在哪裡見過他。

陸辰杰見有個女孩盯著自己，忍不住問她：「請問有什麼事嗎？」

周雪蓉這才回神過來，也想起眼前這人是誰。

「請問你是陸醫師嗎？」

「我是，請問妳是……」

「抱歉，忘了自我介紹，很多年前我出過一場車禍，您曾經是我和我同學的主治醫師，現在我們都恢復得很好，也都已經畢業了。」

周雪蓉還是大學新聞系新生時，有次參加社團主辦的夜遊活動，結果機車打滑失控，載她的男同學雖然只有一些擦傷，後座的她卻嚴重骨折與內出血，在加護病房裡一住就是十天，其間甚至兩度病危，當時就是被陸辰杰救回一命。或許是因著一份對救命恩人的感激與崇拜，陸辰杰的氣質深深吸引了荳蔻年華的周雪蓉，只可惜兩人的年齡與環境相差太多，再加上她感覺陸醫師對自己的關心，純粹是基於職責與專業，沒有任何男女感情成分，因此只把這份仰慕放在心底，最後隨著身體漸漸恢復不再需要覆診後不了了之。由於一直覺得陸辰杰很了不起，畢業多年後她出了社會成為記者，原本想替昔日救命恩人作個專訪，不過院方卻表示，陸醫師已經離職了。

「哦……那真是有緣。」或許是已經習慣了病患或家屬的感謝，陸辰杰只是淡淡回答與點頭微笑。

「可以跟您交換一張名片嗎？我現在在新聞業服務，需要認識各行各業的傑出人物，當年對您印象深刻，很希望改天可以跟您聊聊。」

「呵呵……遇到我通常沒有好事。」陸辰杰打了個哈哈，接著遞上一張印有自己診所位置與看診時間的名片，「這是我的診所，請多指教。」

「您也去開業了！果然這個世道留不住好醫生。」

「這個，說來話長。」陸辰杰抿嘴一笑不置可否。「不好意思，我得先走，周小姐，很高興認識您。」說完，陸辰杰就發動車子離開。

目送陸辰杰的車子駛離，周雪蓉心中突然一陣感慨，連這麼厲害的外科醫師都已退出第一線的戰場，這個城市乃至這個國家，還有什麼希望？

ξ

周雪蓉決定像狗仔隊一般二十四小時盯著負責偵辦的檢察官秦宇翔，一定可以發現些什麼。

一早走出家門，秦宇翔就看見守了一夜、正在打瞌睡的周雪蓉：「小姐，饒過我吧！有進度我自然會開記者會說明，不要一天到晚跟著我了。」

「你給我一點獨家消息，我馬上就走！」一見秦宇翔現身，她反射性地拿起照相機和錄音機。

似乎是被她煩得沒辦法，秦宇翔兩手一攤，「好吧！我現在要送女兒去上學，接著去北所偵訊嫌犯，有消息我會第一個告訴妳。」

「真的嗎？那我先去北所門口等你！」周雪蓉雀躍地跳起來，趕緊去發動機車，但或許在寒風中守了一夜，她突然打了一個噴嚏。

「我看妳已經快生病了，搭我的便車吧！保證讓妳比其他同業更快到達北所。」秦宇翔笑著對周雪蓉招手。「小崴乖，我們今天有客人。」他打開汽車後座車門，讓周雪蓉坐進去。

一路上他們聊了不少，周雪蓉覺得自己幸運極了，辛苦的等待總算沒有白費，居然得到近身專訪主任檢察官的機會，這篇報導一定讓她在編輯會議裡大出風頭。

車子開到復興南路，當秦宇翔正準備轉進學校的巷子時，忽然一輛小貨車衝出來，直接撞上秦宇翔座車右側。秦宇翔雖然沒有受傷，驚魂未定的他趕緊停下車來查看，發現小崴和周雪蓉都因為強大的撞擊力而昏迷，顯然受傷不輕，沒想到肇事司機不僅沒有下車，反而立刻倒車調頭逃走。一團混亂中秦宇翔考慮了幾秒，用手機的加密訊息發送出「ＨＯＰＥ」。

身為主任檢察官，他是市長謝文華之外第二個有權限啟動ＨＯＰＥ任務的人。沒多久，一輛黑色廂型車來到現場，幾個藍衣人下車，將他和周雪蓉、小崴一起載走。遠遠的馬路對面停著另一輛車，車上有幾個人正監視著這一切，當廂型車一離開現場，它也立刻發動跟上去。

沒有鳴笛、沒有超速，也沒有開到任何一家醫院，廂型車異常低調地開往市政府的方向，近入管制區後，跟蹤者無法再靠近，只能遠遠看著它消失在視線範圍。

臺北市政府的地下五樓都是機電設備，並沒有停車格，一般人沒辦法進去。廂型車卻直接開進地下五樓，這時角落有道暗門升起，裡頭已有救護人員待命中。

坐在輪椅上的Dr. C趨前診視傷患，卻發現秦宇翔載來的不是什麼重要官員，而是自己的女兒還有一個報社記者。

Dr. C詫異又有點不悅地說：「檢察官，H.O.P.E.戰術反恐醫院建立的原始目的，是救重要人物，不是你想啟動就啟動的，更何況對象還有無所不報的記者，要是這個機構的祕密洩漏出去怎麼辦？市長知道這件事嗎？」

「不好意思，我知道給您添麻煩了。我們剛才在復興南路發生車禍，很明顯是個經過設計的事件，對方應該是衝著我來，幾乎算準我抵達的時間與地點，因此要是將傷者送到其他醫院，難保沒有人動手腳，如今我只能信任這個地方，當務之急要先把傷患治好，我們再來慢慢調查。」

聽完秦宇翔的判斷，Dr. C也只好配合：「好吧！我先評估一下受傷的狀況再說。我看再沒多久，這裡就會變成市府員工的健檢中心了。」明知秦宇翔就在面前，他還故意嘮叨了幾句。

「不出所料，有人受了重傷，出勤的卻不是救護車，目的地也不是醫院，它從市政府後頭不起眼的地方開進管制區。」看著電腦螢幕上的畫面，余小曼自言自語著。

今天的交通事故正是余小曼一手安排，後頭還有廂型車持續回傳衛星定位與影像，她要證實心中的猜想——市府內有獨立運作的醫療團隊。

在調出雷龍和警察槍戰當天的新聞畫面仔細比對後，腹部中槍的員警傷處集中在下腹，彈道勢必通過血管複雜豐沛的後腹腔。這個部位的止血困難，需要有經驗的外科醫師，然而當單靠手術控制不住出血時，放射科醫師可以用血管攝影來協助。外科醫師的名單不易短時間清查，但有能力做血管攝影栓塞止血的，只有幾個頂尖高手。把過濾範圍縮小後，只要注意這幾個人，今天有沒有不尋常的行程，就可以知道是誰在背後搞鬼。

連日跟監的結果，余小曼更發現秦宇翔固定每天早上七點半開車送女兒上學，因此她安排手下開車從右側撞擊，只要算準撞擊的力道與速度，至少可以造成第三級的脾臟撕裂傷，這種傷勢若發生在成人，就得手術止血，但兒童的肋骨比成人更有彈性，能提供脾臟較佳的保護，多半只要用血管攝影栓塞就能止血，這時候就需要一位有經驗的放射科醫師。

「用秦宇翔的女兒當誘餌，既能釣出此人，又能給他一個下馬威，可以說是一石二鳥，我倒要看看誰能救得了這孩子！」想到自己天衣無縫的計畫，余小曼露出得意的微笑。

13

H.O.P.E.中心裡，Dr. C檢視著每一張雷龍的影像，似乎也沒有頭緒，「這完全沒有道理，如果病人已經七老八十，會有這麼嚴重的腦部萎縮不令人意外，但要說是年輕的職業殺手……」他的判斷跟市立醫院的醫師一樣。

Dr. C操作著電腦螢幕，同時撥了通電話：「有幾張腦部的影像，請妳幫我看看有什麼問題。」時間接近中午時分，方璇正在市場買菜，這時她的手機裡傳來一組腦部核磁共振影像。

「這是典型的阿茲海默症，就是俗稱的老人痴呆症，腦部的退化很明顯。」方璇不理解何以Dr. C會問她這麼基本的問題。

「病人是三十四歲男性，原本可以正常講話、活動，突然變成這樣，而且十天前他還殺了幾個警察。」Dr. C在電話中將事情經過一五一十告訴方璇。

「不太可能吧！」方璇有點懷疑，「單從影像檢查無法判斷，有沒有病理切片？我認識一位病理學博士，是腦部病理專家，可以請教她的意見。」

和Dr. C的通話剛結束，方璇翻找手機通訊錄，撥出了另一通電話。

「小曼，好久沒聯絡了，最近好嗎？」自從加入宇海集團後，余小曼的電話幾乎只做公事聯絡，當她接起這個沒見過的號碼來電時，對方的聲音令她有點意外。

「方璇，是妳！妳不是出國了嗎？什麼時候回來的？」

「回來一年多了，一直沒機會找妳聚聚，我還怕這個電話號碼已經找不到妳了呢！」

「妳真的很不夠意思，回國也不跟我說一聲！」一聽到方璇的聲音，余小曼情緒仍相當激動。

方璇、陸辰杰還有余小曼大學時都是醫學院同班同學，當年方璇跟余小曼更是形影不離的閨密，從上課到做實驗、甚至是社團活動，兩人總膩在一起。原本她們還講好畢業後要一同應徵某家大型醫學中心的放射科，把同學的緣分延續到工作中。卻在五年級的見習時，余小曼愛上了醫院裡的總醫師，天真的她本以為能跟學長修成正果，豈知學長早已是有婦之夫，不僅遭到始亂終棄，最後還被學長的元配控告妨害家庭，從此個性變得偏激乖戾。

畢業前夕，她告訴方璇：「死人不會說話，也不會騙人，相處起來沒有壓力。」為了不想再跟活人打交道，她毅然決然遠走美國，專攻不必跟活人接觸的病理科與法醫學。之後被宇海集團醫療事業部延攬，憑著對各種人體構造與弱點的認識，從人體實驗研究員一路當上殺人顧問，某次會議上，她的美貌被邱世郎看上，更半推半就成了總裁的情婦。

「什麼時候碰個面，我們好久沒有聚聚了。」

「那就今天吧！我們分開太多年了，我迫不及待現在就要見到妳！」余小曼說話的語氣近乎哽咽。

此時，余小曼的辦公室突然闖進一個神情猥瑣的男子，也打斷了她與方璇的談話。余小曼對眼前這人翻了個大白眼，揮手指示前來攔阻的警衛出去，接著告訴方璇：「不好意思，我現在先處理一點事，等等見面好好聊。給我妳的地址，我會派車去接妳。」

掛上電話，余小曼轉頭怒目而視：「蕭磊！你鬧夠了吧！到底有完沒完？我說過多少次了，給你工作只是同情你，賞你一口飯吃，不代表我對你有興趣！」

原來當年蕭磊一見傾心的學妹就是余小曼，也是在被她在大庭廣眾下當面拒絕與羞辱後，導致他情緒崩潰、性情大變，最後連醫師都當不成。但個性偏執的他，這些年仍不死心地纏著余小曼。

或許是出於一份同情與罪惡感，余小曼成為宇海集團的高階主管後，偶爾會給蕭磊一些打零工的機會，讓他在實驗室裡做些需要基本醫療知識卻又不需具備醫療人員身分的打雜工作。不料這樣的同情，又讓蕭磊對追求余小曼重新燃起了希望，不堪其擾之下，只好將他辭退。

「小曼，我是來告訴妳好消息的，我找到工作了！」

「哦……恭喜你。」余小曼冷淡的回答，對蕭磊的近況，她一點興趣也沒有。

「我現在在臺北看守所工作，薪水和工作內容都不錯，我想請妳吃頓飯。」

「臺北看守所？醫務室的工作嗎？你又沒有醫師執照，怎麼找到醫務室的工作？」聽到臺北看守所幾個字，余小曼倒是有點興趣。

「也算是醫療工作啦……」蕭磊壓低聲音，「我在幫檢察官刑求犯人。」他將替秦宇翔工作的內容，一五一十告訴了余小曼。對他來說，余小曼是值得掏心掏肺，一點祕密都不會保留的人。余小曼也因而意外得知鐵面無私的主任檢察官秦宇翔，能在偵訊嫌犯上無往不利的祕密。

「我告訴妳喔，前幾天好險，差點玩出人命。最近的大新聞妳看了嗎？有個殺了警察的職業殺手，檢察官要我去問出背後主謀，結果我才弄到一半，對方突然昏迷不醒……」顯然蕭磊說的人正是雷龍。「我本來以為是我的藥物劑量沒弄好，沒想到送醫急救後，發現他的腦部居然全萎縮掉了，妳說奇怪不奇怪？」

「那結果呢？」

「還好事後證明跟我無關，不過醫師也搞不懂為什麼會這樣。」
「不要讓秦宇翔知道你我的關係，你在看守所的工作要隨時向我回報。」
聽到心目中的女神如此交待，蕭磊開心地點頭如搗蒜。
忠孝東路有名的甜點餐廳，是貴婦們聚會喝下午茶的場所，今天被整個包場。
一輛黑色賓士車載著方璇，直接停在店門口，余小曼從店裡走出來迎接她。
「小璇！看到妳真的好開心！我一直以為你們夫妻倆還在國外，差點就要殺到美國去找妳了！」
「妳這樣講讓我真不好意思，回國都沒跟妳說一聲。不過知道妳現在過得很好，真的很替妳開心。」見到余小曼這等排場，若不是嫁入豪門，一定是事業有成，方璇打從心裡佩服她。
「我沒妳那麼好命啊！既然孤家寡人、無牽無掛，就只能把工作當另一半。」
余小曼有點感慨的笑了笑。
「妳太謙虛了，我現在只是一般家庭主婦，和妳差得遠了。妳真的跟以前不一樣了，可以知道妳現在在哪上班嗎？一定是某個大公司的高階主管吧？嗯……讓我猜猜……應該還是我們的老本行醫藥業吧！」方璇天馬行空地猜了好幾家經營藥品或醫材的外商公司，余小曼卻只是笑而不答。

「我在哪工作並不重要，頭銜與收入也只是唬人的，對我來說，妳始終是我最好的朋友。」

一整個下午，兩人開心地敘舊聊天，恨不得把分開這些年的大小事一股腦兒全給說完。

「對了，有件事真的得請教妳，必須仰賴妳的專業。」說著，方璇拿出手機，「有個有趣的案例，想請妳從病理學角度幫我分析一下。腦部核磁共振乍看之下就是一般阿茲海默症造成的大腦萎縮，問題是病患只有三十幾歲，原本完全正常，卻在幾天內突然發生這樣的變化，我想聽聽妳的意見，」方璇在手機中秀出雷龍的腦部影像與病理切片。

看到這幾張影像，余小曼閃過一絲異樣眼神，但瞬間回復正常：「妳在哪裡找到這個個案？」

「我表妹在美國讀醫學院，她的指導教授要大家寫這個案例的分析報告，所以跨海向我這個表姊求救。原本是跟我沒關係的，可是我也很想知道答案，想來想去，我認識最厲害的病理科醫師就只有妳。」

「我知道有某些特殊的基因突變，會造成突發性腦部細胞萎縮，不過都非常罕見，我幫妳找一些資料。」

「那就先謝謝囉！改天換我請妳吃飯。辰杰快要下班了，我得趕回去準備晚餐。下次可否去妳的公司參觀呢？很想知道妳在什麼樣的大企業上班。如果不嫌地方小，也歡迎妳來我們的診所坐坐。」

指示司機送方璇回家後，余小曼目送車子離開，她轉身打開自己的平板電腦，在一個名為「CE－α」的資料夾裡，有幾十張實驗室老鼠的腦部病理切片，全都呈現異常萎縮。

14

再一次從昏迷中醒來，周雪蓉覺得無論是精神或是疼痛感，都已經明顯改善許多。她的身旁仍是同一位藍衣人，不發一語地幫她調整點滴裡的藥物。那位被稱作「Dr. J」的醫師，此時卻不見蹤影。

「今天是幾月幾號？我睡了多久？」

「為了讓妳有更高品質的休養，Dr. C幫妳在點滴裡加了低劑量的鎮靜劑，今天是妳手術後的第三天，目前一切穩定。」藍衣人仍是用那壓低了的聲音回答。

「都過了這麼多天，不能讓我打通電話嗎？我的家人會擔心我！你們沒有權力把我關在這裡！」由於一連串未知帶來的不安全感，讓周雪蓉不由得發起脾氣。

「周小姐，這幾天必須委屈妳了。這裡是H. O. P. E.反恐戰術醫院，也是國內最高端的緊急戰備醫療系統。」

此時走進一個中年男子，和其他包得密不透風的工作人員不同，他只戴了個簡單的隔離口罩，是臺北市長謝文華。

「妳和檢察官父女在復興南路遇上車禍，不過這不是意外，肇事者早料到你們會出現在那裡，這明顯是蓄意攻擊。原本的對象應該是檢察官的女兒，只是兇手沒料到還多了一位乘客。」謝文華繼續說明，「秦檢查官的女兒小崴在血管攝影止血後，已經回家休養了。但妳的傷勢比較嚴重，所以需要接受手術，幫妳手術的Dr. J是國內一等一的外科醫師，傷勢不用擔心。」

「反恐戰術醫院？」聽完這一番解釋，周雪蓉不但沒能弄清楚來龍去脈，反而產生更多疑問。但一見到市長出現，又聽說自己處在一個聽都沒聽過的地方，周雪蓉身為記者的本能，便伸手要拿隨身攜帶相機與錄音機，但病床旁什麼也沒有。

「周小姐，妳看到的一切都是最高機密，原本這個機構是不該讓身分敏感的記者進入，但事出突然，我們不希望妳出事。所以請妳保密不能對外報導，將來就算妳企圖揭露，市政府的立場是一概否認到底。」

「祕密機構？」周雪蓉越聽越糊塗。

「從議員遇刺事件開始，我一直注意著妳的報導與每一次記者會的發問，雖然和主流媒體的意見不同，但我相信妳知道整起事件幕後的黑手就是宇海集團總裁邱世郎。而且以妳對新聞的敏銳度一定也已經注意到，這個大企業已經控制了整個醫療體系，幾乎到了順他者昌、逆他者亡的程度。這也是為什麼秦檢察官把妳送到這來治療的原因，這裡是臺北市最後一個安全的堡壘，他知道妳可以跟市府站在同一陣線。」

「所以市長也認為，中央醫院處理議員受傷的方式有問題，並非秉持醫療專業來做判斷，而是被宇海集團的黑手介入？」聽到市長這麼說，間接證實了自己的猜測，周雪蓉精神為之一振，也稍微搞懂了自己所在何處，以及這個神祕醫院的任務。

聽到她這麼問，謝文華做了個不置可否的表情，等於就是默認。

「可以讓我跟家人報個平安嗎？這麼多天沒有消息，我怕我爸媽會擔心。我還得跟報社請個假，否則工作也要不保了。」

「家人與工作那方面，妳大可以放心，我已經發公文給貴公司，表示將借用周雪蓉小姐的長才，隨觀傳局長一同出國參訪，為本人任內的城市外交寫一篇特稿，所以妳的上司和家人都以為妳出國了，所有通訊設備請容我們暫時幫妳保管。」市長說完這些話後，便轉身離開。

經過一週調養，周雪蓉的傷勢已經恢復得差不多，但這幾天她都只能待在H.O.P.E.的病房裡，連想下床走走四處看看也被禁止，一切與外界的聯繫都被切斷，她甚至想趁藍衣人們不注意時，用他們使用的工作電腦上網，但試了幾次都無法突破網路加密系統與防火牆，讓她只能徹底死心。

她曾多次向朝夕相處的藍衣人們探口風，但總是三緘其口，反而是不常出現的醫師們跟她說的話還多些。不同於Dr. J偶爾才來探視，另一位坐在輪椅上的醫師Dr. C則固定每天早晨會來瞭解她的傷勢進度。然而無論是與Dr. C還是Dr. J攀談，對方只要她安心養病，其他什麼都不願多說。

周雪蓉一方面暗自佩服市長的遠見，另一方也努力在腦中記下這裡的一切，只可惜除了不知道自己身在何方，放眼望去就跟一般醫院病房無異。

「今天可以出院了，接下來回家休息就可以。」這天一早Dr. J就來探視他，一如往常地，Dr. J緊密的口罩下只露出炯炯有神的雙眼。

「出院？呵……那我可以知道這是哪一家醫院，自己的主治醫師是誰嗎？」這幾天，周雪蓉問這問題不下數十次，明知不會有答案，還是忍不住再問。

「記得我是Dr. J就可以了！」他指了指左手的臂章，便揮揮手指示工作人員過來協助。

「無論如何，謝謝你，Dr. J。我感覺我們以前曾經見過面，也有預感未來一定會再見！」

「還是不要好了，遇到我通常沒有好事。」雖然隔著口罩只露出眼神，但周雪蓉感受出對方在微笑。

「周小姐，得委屈您一下。」這時工作人員走近，為她戴上眼罩。

矇著眼睛走了好長一段路，當中她一直想要發問，引導者卻只是拉著她的手往前走，一句話也沒講。

「這裡要上樓梯，小心跌倒。」對方總算出聲，但也只是提醒她注意腳步。

密不透光的眼罩，讓周雪蓉完全沒辦法得知自己究竟在哪裡，她只依稀聽到有人講英文，甚至聞到爆米花濃濃的奶油味。

「妳的私人物品都在腳邊，這裡離妳家應該不遠了。」說完這句話，聲音便消失在耳邊，周雪蓉趕緊將眼罩拿下，自己站在信義商圈的大馬路邊。

ξ

「果然有人暗中出手！」收到最新消息的余小曼自言自語著。

為了查出市政府裡在搞什麼名堂，這幾天來余小曼持續監控著各方變化。秦宇翔在沉寂了幾天後，又一如往常地載著女兒小崴上學，若說有什麼差別，只是前後多了兩輛黑頭車保護，而小崴下車後，頭上腿上皆包著紗布。這讓余小曼有足夠理由相信，在臺北市政府裡一定存在著可以提供高端醫療的設備，與有能力介入性止血治療的放射科醫師，否則七歲的小女孩受到強烈撞擊，絕不可能恢復這麼快。

然而逐一清查臺北市醫師公會的執業登記後，卻沒有符合條件的對象，正在百思不得其解時，手機傳來方璇的簡訊：「睡了嗎？抱歉這麼晚打擾妳。上次向妳請教的事，不知道有沒有資料可以參考？我美國的表妹又寫信來問我了！」

「真抱歉，我最近很忙所以忘了，明天一早給妳好嗎？」余小曼也在美國念過書，知道被教授緊盯研究進度的壓力，因此她趕緊回覆方璇訊息，事實上她已經找到幾篇關於腦部異常萎縮退化的研究論文，包括可能的病因與影響因子，只是一直沒空寄出。

思緒回到工作，余小曼停頓了幾秒，突然喊出聲：「原來如此！」

當日與方璇見面時，方璇秀出的影像和自己實驗室裡施打過ＣＥ－α的老鼠呈現相同的退化反應，當時她已有懷疑，只是覺得不可能有人會知道ＣＥ－α的祕密，況且以她過去對方璇的瞭解，不太可能涉入此事，或許真的只是遇上某些罕見病例，出現此種腦部異常之快速萎縮。然而此時此刻，她想起方璇就是個放射科醫師，專精於血管攝影的放射科醫師。

「放射科醫師，她就是放射科醫師啊！我怎麼忘了方璇呢？雖然她已離開醫院，但血管攝影這種技術對她有什麼難的？況且，所有的外傷治療都需要有外科醫師當最後備案，一旦病情有變化，就需要馬上開刀，她不是嫁了個外科醫師嗎？那個影像根本不是什麼美國表妹提供，那就是雷龍的腦部影像啊！」

看來似乎一切都弄清楚了，就是她們夫婦在協助臺北市政府從中作梗，余小曼卻沒有太多開心的感覺，照理說她應該向邱世郎報告，然後將阻擋宇海開發案與自己接任宇海醫院院長的障礙剷除，但方璇和陸辰杰卻是自己要好的大學同窗。

知道真相的余小曼徹夜難眠，心情矛盾而複雜。

15

H.O.P.E.中心的會議室裡，核心人物全員到齊，討論著近日案情發展與接下來的對策。市長謝文華坐在主座，主任檢察官秦宇翔、警察局長羅志豪、Dr. C與Dr. J各坐在會議桌一角，原本還缺一人的六角形會議桌，最後一個座位的燈也已經亮起，上頭坐著方璇，她的白袍左臂上繡著「Dr. S」。

「首先，歡迎Dr. S加入我們的團隊，如此一來，將更是如虎添翼，『S』除了與您的名字同音，更有『Salvage救贖』之意，普羅大眾就靠各位來拯救了。H.O.P.E.中心在Dr. C的規畫之下，雖然規模有限，但照護等級不輸任何一家醫學中心，還有許多兼具專業與正義感的醫療人員，都是本計畫招募的口袋名單，未來一定可以繼續壯大！」謝文華先對這個會議做了簡短的開場後，話鋒一轉，「我也對各位醫師感到抱歉，這原本應是檢警的事，不該把各位扯進來，不過我們的對手是宇海集團，是一個以醫療事業起家，現在掌握了整個城市醫療資源的大企業，因此這個計畫的完成，勢必需要用到各位的醫療專業。」

秦宇翔緊接著開始報告，「我們看第一個案例，議員受傷的案子。這是當天在內湖交流道的路口監視器畫面，雖然影像模糊，但從身形與動作判斷，再加上現場找到的證物，應該可以確定行兇之人就是雷龍，但各位看這個畫面……」秦宇翔此時將螢幕定格慢動作播放，只見殺手從容不迫地掏出手槍，就向議員的左下腹開槍。「注意到了嗎？以雷龍的身手，對方又沒有任何反抗，而作案時間也充裕的情況下，他居然不是射向心臟，而是左下腹，證明絕對不是失手。」

Dr. C這時緩緩地開口：「左下腹有什麼大家很清楚，雖然沒有重要的大血管，卻有大腸與直腸，被刺穿後不會立即死亡，但若未經治療，會發生嚴重的敗血症。」

Dr. J忍不住插話：「或許兇手只是示警，本來就沒打算取他性命。」

「如果是這樣，那議員被送到中央醫院後，為什麼沒人敢幫他開刀？我們收到的線報，就是邱世郎從中作梗，連院長都被他給收買了。」

「還有我身上的傷，都不知道該不該感謝雷龍的不殺之恩。」一向聲若洪鐘的羅志豪，在胸部的傷勢逐漸痊癒後，又恢復了他的大嗓門。「雷龍原本有機會一刀刺向我的心臟，最後也往旁邊偏了幾寸。理論上我也會和議員一樣，雖然沒有立即死亡，卻會在得不到醫療救治下無助而死。這就是邱世郎的手段，他要讓跟宇海集團作對的人知道，得罪他的下場是什麼！不過還好市長有遠見，建立了這個反恐戰術醫院，也幸好有Dr. J救我一命。至於圍補雷龍時發生的槍戰，由於事出突然，在沒有高人指點之下，雷龍自然槍槍斃命，而命大沒死的那個，也在鬼門關前走了一回。」羅志豪說到這裡時，Dr. J與Dr. S彼此對望了一眼。

「既然我大難不死，一定要將親手逮到這批惡徒！」羅志豪恨恨地說，胸口的傷痕仍隱隱作痛。

「除了上述幾件事，上星期小女發生車禍，導致脾臟破裂出血，謝謝Dr. S用血管攝影止血救了小女。這絕非突發事件，而是一起精心設計的陰謀，兇手的行動顯然經過長時間的觀察與計畫，才會對我的生活作息與路線那麼清楚。不過值得注意的是，根據事後調閱的監視器與現場煞車痕跡來看，目的應該不是要致她於死地，想必是另一次想利用控制醫療資源來達成恐怖威脅的目的。」秦宇翔想到自己的寶貝女兒，也無端被捲入邱世郎的陰謀，在鬼門關前走了一遭，不禁怒火中燒。此刻他想要收拾邱世郎的決心，已經從公事公辦升高為私人恩怨。

「治療幼兒的腹部鈍傷和成人不同，常需要會做血管攝影止血的放射科醫師介入，因此北部有能力與人力處理的醫院沒幾家，而且也都在宇海集團的掌控之中，我想宇海集團就是算準了這一點。」對於H.O.P.E.在這次事件中又突破邱世郎的封鎖，Dr. J的臉上滿是自信與驕傲。「然而這當中的意外插曲是那個女記者，雖然她也是受害者，不過已經讓H.O.P.E.的存在曝光，這件事一定要格外小心。」說到這兒，Dr. C不經意把目光投向對面的秦宇翔。

秦宇翔知道Dr. C對他把周雪蓉帶進H.O.P.E.一事耿耿於懷，不過面對質疑，他不為所動地繼續分析案情：「最後一個問題是有關雷龍，一夕之間他就變成重度失智患者，導致辦案進度受阻，要說他剛好在這個時間點生病，也未免太過巧合。我唯一想到的是邱世郎為了怕事跡敗露，要殺雷龍滅口，但在調查過臺北看守所的飲水、伙食以及相關戒護人員背景後，都沒有發現可疑事證。我知道某些情報單位的特務，會為了怕被敵方俘擄而洩漏祕密，會在齒縫間預藏自殺藥丸，只是卻從沒聽說有什麼藥物會讓人突然腦部萎縮，這點不知道幾位醫師的專業意見如何？」

「雷龍的腦部影像，我請Dr. S幫忙判讀，稍後請她報告，不過就以上幾件案子的共通點來看，已經有足夠的證據顯示，邱世郎身邊一定有具備醫療背景的人士參與決策。表面上，宇海集團和本案一點關係都沒有，但當中一定有什麼我們沒注意到的細節，只要有任何一點線索，都不可以錯過。」Dr. C將上述幾個案例的共同點做了總結。

「前幾天我請教了一位國內病理學專家的意見，可惜找不到解釋雷龍病情急速惡化的原因。不過我和Dr. J在美國那三年，認識了一位神經放射學的權威，他太太也是臨床病理科教授，他們看完我寄過去的影像與病理切片資料後，有了驚人的結果。」方璇在簡報螢幕上秀出自己的情報。

那天，余小曼沒能給方璇一個明確的回答，於是方璇轉向動用自己在美國的人脈，「病理切片顯示雷龍的腦細胞被大量破壞，細胞經特殊染色之後發現裡頭有種特殊酵素，雖然它在人體也有自然存在，但含量非常少，而且它的有機體光學結構式是左旋結構，而在雷龍腦中化驗出的酵素卻是右旋結構，這代表裡頭是非天然的人工合成。」

「所以雷龍會變成這副德性是被人加工製造出來的？」羅志豪一臉詫異地問。

「藉由Dr. S這條重要線索，我對此做了進一步的調查，這是開會前一小時得到的最新結果。這種人工合成的酵素，是美國一家名為SMART的實驗室所研發，而且已經向美國FDA食品藥物管制局申請做為研發新藥的專利，這家實驗室過去一直致力於發展提升人類智力的生物技術。專利內容顯示它對腦部細胞有直接影響，正向合成可以強化腦細胞功能，反向的頡抗功能則會破壞腦細胞。」Dr. C

的電腦上顯示出這種酵素的光學分析結果，以及取得ＦＤＡ專利的文件。

「這又如何呢？就算如此，也不能證明和宇海集團有關。」聽到案情有些突破，秦宇翔相當感興趣，但顯然這些資訊都不足以將邱世郎定罪。

「關鍵就在於，ＳＭＡＲＴ實驗室背後就是由宇海集團的美國分公司出資支持，擁有該實驗室所有的人事分配權與專利使用權，目前此實驗室登記的負責人叫作Jasmine Yu，從英文拼音來看應該是位華人，我們還在持續追查此人身分。」Dr. C接著道出這石破天驚的關係。

「這就證明了雷龍和宇海集團有關，也是讓邱世郎一刀斃命的證據！」謝文華拳頭緊握，所有人的信心為之大振。

16

結束祕密會議後，回程路上，方璇似乎若有所思，不大搭理陸辰杰。回家後，方璇料理了簡單的晚餐，在餐桌上，她才終於告訴陸辰杰自己的猜想。

「我懷疑今天的會議裡，大家討論的那位具有醫療背景的宇海集團高層人士，是我們認識的人。」

「我們認識？妳是說誰？」

「我們有什麼共同的朋友叫作Jasmine？」

陸辰杰沉吟了一會，努力思考方璇給他的暗示，「Jasmine……妳是說……我們大學的死黨余小曼？」

方璇點點頭，顯然陸辰杰猜中了她的心思。

「叫Jasmine的人那麼多，妳怎麼會認為是她？況且余小曼不是在美國專攻病理科和法醫學嗎？跟宇海集團有什麼關係？」

「你知道小曼出國進修，拿的是『龍騰基金會』的獎學金嗎？『龍騰基金會』背後的出資者就是宇海集團，是為了紀念宇海集團創辦人邱雲龍，也就是邱世郎的父親而成立。這個基金會每年提供優渥的獎金，支持生物醫藥界人士的能人異士進行各種生技研究、進修與發展，而宇海集團就從這當中網羅人才。」

方璇把那天和余小曼見面的事告訴陸辰杰，也告訴他余小曼今時今日的收入與地位，與他們所認知的病理科醫師不同。

「所以妳懷疑小曼現在在宇海集團上班？難不成所有事情都是她策畫的？如果雷龍生的怪病也是小曼所為，那妳把這麼重要的祕密拿去問她，豈不是讓她知道了我們也和此事有關？」

「我只是從已知的事實去推測，或許事情根本不是我想得那樣。至少我們那天的見面，可以感受到她的真誠！」提起自己跟余小曼的交情，方璇雖有懷疑，但並未失去信心。

「我們找小曼聊聊吧！探探她的口風。假設真如我們所想，也該勸她別繼續墮落。否則案情繼續向上升高，她一定脫不了干係。」不知是基於對老友的情感，或是身為醫者的使命感，陸辰杰覺得必須勸她懸崖勒馬。

方璇約了余小曼在仁愛路上的小茶館敘舊，她一口就答應赴約。

「上次說好要換我們請客，妳今天可千萬不要客氣唷！」方璇熱情地幫余小曼倒了一杯茶。

「能見到你們，開心都來不及了，哪會客套呢？辰杰，我們也很多年不見了吧！你跟畢業時的樣子一點都沒變。」

他們三個天南地北地話當年，彷彿回到過去學生時代時的無憂無慮。然而在這笑語背後，似乎隔了層紗，對彼此都有話說不出口，空氣中瀰漫著詭譎。

「小曼，聊聊妳的工作吧！聽方璇說妳現在坐領高薪、身居要職，我們對妳的工作很好奇！」陸辰杰率先開啟這個話題。

「看來我想低調點都不行，你不要聽方璇亂講，就一份混飯吃的工作罷了！」余小曼拿出名片遞給他們，上頭有一長串頭銜「宇海國際集團醫療事業部總經理兼總裁室首席醫療顧問」。

「宇海國際集團！小曼，妳真是令我們既驚訝又佩服。」這倒是方璇的由衷之言，但她一點也沒因為自己的猜測獲得證實而開心。

「坊間有很多傳言，說宇海集團為了一個新開發案，牽涉了很多社會案件，究竟是真的嗎？妳千萬不要誤會，我們市井小民，只是看到新聞報導，也跟著好奇罷了。」陸辰杰故意試探她的反應。

「沒關係，在大公司工作，免不了要被一些有爭議的風風雨雨所影響。不過我主管醫療事業部，跟社會上的傳言沒有關係，投資開發部門也和我的部門沒有任何業務往來。」余小曼輕描淡寫地帶過這個問題。

方璇趕緊插話打圓場：「妳也知道，辰杰自從自己開業後，下班時間無所事事，最大的娛樂就是看新聞和談話性節目，才會對這些八卦感興趣。」

「沒關係，你們都是我最好的朋友，有什麼想問的就直說吧！」余小曼似乎話中有話。

「其實社會新聞本來與我無關，只是當中有些和醫療相關的問題，才會引起我的興趣，妳知道的，這是外科醫師的職業病，即使現在自己開業還是改不過來。」喝了一口咖啡，陸辰杰繼續說：「我一直有兩件事搞不懂，一個是議員遭到攻擊，任何受過基本醫療訓練的人都知道，腹部穿刺傷應該要立刻手術，怎麼中央醫院會不知道？更何況負責的還是他們的外傷科呂主任。另外就是那個被警察圍捕的職業殺手，誰都知道不可能是他主導一切，結果新聞報導他在承認犯下一切罪行後，居然突然發生腦溢血昏迷住院，這簡直比小說還精采。」

「今天不是敘舊嗎？怎麼聊這麼嚴肅的話題？不過，既然你那麼想知道答案，第一個問題，你應該去問呂主任，你們是前同事，可以交換意見。至於第二個問題……」余小曼說到這裡，刻意停頓了幾秒。「方璇，妳不是有雷龍的腦部影像和病理切片嗎？」

沒想到余小曼居然如此開門見山，反而讓他倆有點招架不住。

既然話已經講開，方璇也不再拐彎抹角：「所以這一切，妳都知情？」

「我不但知情，而且都是我所主導。宇海集團的南港開發案，是一個結合醫院、商場與住宅區的大案子，身為內定的宇海醫院院長，所有阻礙這個案子發展的都是我的敵人。」

「小曼，妳怎麼變得那麼可怕？和我過去認識的妳判若兩人。」方璇雖早有懷疑，但親耳聽到余小曼大言不慚的冷血直言，仍不敢置信。

「今天我是以老朋友的身分來勸你們，這件事不要插手，或許我還不確定市政府在打什麼主意，不過我知道你們夫婦倆肯定在裡頭幫忙。就聽我一聲勸，現在抽腿還可以全身而退，社會案件不關你們的事，安分當個醫生就好，全天下有很多人等著你救，不差市政府裡這幾個。」余小曼的態度相當強硬。

「身為醫者，我有我該負的社會責任！」陸辰杰不服輸地說道。
「陸辰杰，你還是跟以前一樣，自以為行俠仗義，卻也自以為是！」
「妳還記得當年我們初穿上白袍時所許下的誓言嗎？准許我進入醫業時，我鄭重地保證自己要奉獻一切為人類服務，我將不運用我的醫學知識去違反人道。」
「小曼，妳的所作所為，不是一個醫者該做的事！」方璇見自己的同窗好友走入歧途，既生氣也不捨。
「醫師誓詞，那是對活人用的，當年我就告訴過妳，我只面對死人。同樣的，擋在我前面的也都會是死人！」
「檢方已經掌握宇海集團涉案的證據了，到時候妳一定逃不掉。」基於多年的感情，方璇不顧後果洩漏偵辦機密。
「宇海集團富可敵國，倒要看看謝文華和秦宇翔有什麼三頭六臂的本領來對付我們。到目前為止我還可以維護你們的身分，但邱世郎也不是省油的燈，他很快就會知道你們在跟他作對，他的手段，你們是惹不起的。」

「小曼，妳該知道終究邪不勝正，趕緊回頭吧！我們還是最好的朋友。」方璇眼中帶淚地苦勸余小曼。

「我一直都把妳當作最好的朋友，是妳對我的態度變了！」

「想想我們曾經背過的誓詞吧！」陸辰杰氣憤地起身，拉著方璇轉身離開，臨去前，他從皮夾中拿出一張泛黃的照片放在桌上，是當初他們幾個好朋友畢業前的合照，背面印著醫師誓詞：

准許我進入醫業時：我鄭重地保證自己要奉獻一切為人類服務。

我將要給我的師長應有的崇敬及感戴；我將要憑我的良心和尊嚴從事醫業；病人的健康應為我的首要的顧念；我將要尊重所寄託給我的祕密；我將要盡我的力量維護醫業的榮譽和高尚的傳統；我的同業應視為我的手足；我將不容許有任何宗教，國籍，種族，政見或地位的考慮介於我的職責和病人間；我將要盡可能地維護人的生命，自從受胎時起；即使在威脅之下，我將不運用我的醫學知識去違反人道。

我鄭重地，自主地並且以我的人格宣誓以上的約定。

17

對於市政府大樓裡可能莫名其妙多了一家祕密醫院，使得用封鎖醫療資源來控制整個城市計畫三番兩次受阻，邱世郎在辦公室裡越想越氣，他沒料到多年前成功的一場買賣，如今竟促成讓對手建構出一個與自己作對的單位。

祕書調出當年和市政府交易的細項資料，他一頁頁翻閱整筆交易細節，發現當年幾位負責安裝德國原廠儀器的工程師們，有一位許姓採購經理在今年初以健康因素為由離職。但個人資料顯示，他僅有三十六歲，離職前不久也才接受過宇海集團內部的例行健康檢查，沒有任何異常，而且考績年年優等，是晉升醫療事業部協理的熱門人選，前途一片大好。而且他並沒有違反競業條款，跳槽到其他公司，反而在臺北市衛生局擔任簡易技正。

照理說宇海集團已經是國內醫藥產業的霸主，公司的福利也算業界數一數二，除非有重大變故，否則如此高階技術人員的流動率極低，況且放棄每年高額的分紅與股利，轉職為領死薪水的公務人員，更是啟人疑竇。

「把這個叫許兆文的工程師找來，兩小時內我要見到他。」

邱世郎的人馬很快就找到許兆文，將他強行帶回宇海集團總部。

「許經理，好多年不見，最近好嗎？」宇海集團內部員工眾多，主管未必認得每一個下屬，但邱世郎一見到許兆文，就對這個面孔有印象，他是四年前與市政府談判採購的重要人物。

「許兆文何德何能，勞煩總裁親自約見？我現在只是個小公務員罷了。」

「廢話少說！幾年前你辦完跟臺北市立醫院那筆採購案後，這當中一直很穩定，為什麼前幾個月突然離職？」

「離職單上寫得很清楚，個人健康因素，我不適合在宇海集團這種高壓統治的企業裡工作。」

「那批機器當時是你負責最後的點交與裝機，為什麼沒有裝在市立醫院，反而送進臺北市政府？」

「您不是明知故問嗎？當時這份簽呈也是您批准的，我還記得您說只要銀貨兩訖，東西要擺哪裡是他們的事。」

「那你知道這批高階醫療設備最近重新啟動了嗎？」

「這和我有什麼關係？」

「少給我裝蒜！要啟動這麼多複雜的設備，除非直接從德國原廠請工程師過來，否則臺灣有這項技術的人沒幾個。除了宇海集團內部員工，只有你有辦法，而你離職的時間又那麼湊巧，怎麼解釋這些事？」

「天底下巧合的事情可多了，我不懂總裁的意思。」

「謝文華給你什麼好處？讓你這樣為他賣命？不讓你吃點苦頭是不會說實話的。」幾個行動組員抓住許兆文，毫不留情地就是一陣拳打腳踢。

「我們宇海集團對員工的管理與徵信是一流的，連離職員工也會追蹤好幾年，你的女兒快要放學了吧……」邱世郎不懷好意地笑了笑。

「你要幹什麼！不要亂來！」一聽邱世郎可能對自己家人不利，許兆文緊張地大吼。

「識相就老實說！」

懼於邱世郎會找自己家人的麻煩，許兆文不得已，還是說出了他僅知的祕密。

「市府大樓裡面有一家祕密醫院，表面上是一般的醫務室，但並不是每天都有任務。我都是接到通知，才受命進去操作機器。而且裡頭的醫師都戴口罩，彼此以代號相稱，我不知道他們的真實身分。」許兆文說到這裡頓了一頓，「只有一次我看到一位女醫師進來做血管攝影，她和其他團隊成員不一樣，她沒有代號，他們叫她方醫師。」

「早點說不就好了，滾吧！記住，今天的事不准說出去，我會找人盯住你，如果有人知道我們今天的見面，或是讓我發現你在唬我，下次就不會這麼客氣！」邱世郎說完，便要人把許兆文趕出宇海集團大樓。

「查一下臺北市醫師公會的執業登記，有沒有姓方的放射科女醫師。」

「有一位叫作方璇的女醫師，今年三十四歲，是放射科專科醫師，不過目前並沒有在任何一家醫療院所掛牌執業，目前已婚沒有子女，夫婿叫陸辰杰，也是一位外科醫師，專長是外傷治療，目前在仁愛路開診所，他們的詳細資料馬上傳真過來。」

「陸辰杰……陸辰杰……」邱世郎唸著這個名字喃喃自語。

「請問是陸理事長嗎？我是邱世郎，有件事要麻煩你……」邱世郎從私人手機撥出了一通電話。

ꟷ

松江路上的康華飯店，是很多老一輩政商名流喜愛的聚會之處。臺北市開業醫師協會理事長陸勝雄和宇海集團總裁邱世郎，坐在一樓的咖啡廳裡聊著天，從彼此熟絡的互動看來，應該是相識多年的老友。一個是北區多家連鎖診所的負責人，一個是獨占國內市醫療器材與藥品的供應商，他們有相當多的合作計畫，此時兩人正談著最新的聯合診所拓展計畫。

沒多久，一個年輕人走了進來，向侍者點了杯咖啡後坐下。

「爸，您找我。」

「阿杰，從你回國到現在，我們父子都沒時間好好聊聊。聽說你在仁愛路開了一家診所，這麼大的事怎麼沒找爸爸幫忙？」

「謝謝爸，我想是不用了，目前經營還過得去。」

陸辰杰的家族是兩代醫師世家，長期在臺北市經營連鎖診所，陸勝雄一直把兒子當作接班人。然而陸辰杰醉心於外科手術的挑戰性與成就感，做父親的卻認為外傷醫療的風險太高，而且工作付出與報酬不成比例，父子之間衝突不斷。當陸辰杰決定走自己的路之時，和父親與家中長輩們便漸行漸遠，除了極少數的身邊人，沒人知道他的家世背景。

「給你介紹一下，邱總裁是爸爸長期的事業合作伙伴，我們診所裡的器材幾乎都是他的公司提供，我們正在談新的診所拓點與器材全面汰舊換新的合作。」

「大名鼎鼎的宇海集團總裁，全臺灣應該沒有人不認得吧！我不知道我們家和他還有交情。」陸辰杰原以為父親有什麼要緊事，非要他暫停診所的業務，立刻趕過來，結果居然是和邱世郎見面，他臉色一沉，冷哼了一聲。

「不可以那麼沒有禮貌！爸爸能坐上開業醫師理事長的位子，靠的是邱總裁的大力支持，未來你的診所業務要能順利推動，勢必也需要總裁的幫忙。」陸勝雄言必稱總裁，前倨後恭的態度和平日對待陸辰杰時那父親的威嚴大相逕庭。

「如果您叫我來是說這些的話，那我受教了。診所還有事等我回去處理，總裁，很榮幸認識你！」陸辰杰客套地和邱世郎握了握手，但看得出來只是虛應故事罷了。

「年輕人不要那麼衝動，聽你父親的話，坐下來把咖啡喝完。」或許是長期擔任呼風喚雨的企業主管，此時邱世郎不怒則威，陸辰杰一時也愣住。

「我聽總裁說，除了診所的工作，你還在其他地方兼差？如果是錢不夠用，跟爸爸說一聲就可以嘛！我知道年輕人有自己的想法，但你只要把診所冠上我們連鎖集團的品牌，病人保證源源不絕。方璇也真是的，不但沒勸你別胡思亂想，還跟著你一起瞎胡鬧。」陸勝雄此時話中有話，顯然他已經從邱世郎那裡聽到了什麼。

「我聽不懂你們在說什麼，我就只有診所的工作而已，而且醫事人員法也規定，要在任何地方執業都必須向主管機關報備登記，我和方璇如果有兼差，您怎麼可能會不知道？」

「如果有高層默許，自然不必報備。小陸，你是聰明人，安安分分不要多管閒事。我知道有個立委找你麻煩，邱伯伯在醫界還算有些人脈，憑你的學經歷還有開刀身手，想回大醫院服務的話，只要我打幾通電話，馬上可以到任何一家你想去的醫院空降當主任，之後晉升副院長和院長都不是問題。」

「還不快謝謝總裁？未來你要平步青雲就靠他幫忙了！」陸辰杰簡直不敢相信，一向在他心目中威嚴不容挑戰的父親，此刻怎會說出如此沒有骨氣的話。

「從小您就教我，做人要有骨氣，靠別人不如靠自己。宇海集團再怎麼有權有勢，我們都不該屈服，要堅守自己的專業與職責。」站在陸勝雄和邱世郎面前，陸辰杰毫不畏懼。

「阿杰，爸爸知道你向來都很有想法，但不管你在做什麼，可要顧全大局啊！總裁對我們向來照顧有加，做人要知恩圖報，至少，不該恩將仇報。」

「哼！」陸辰杰別過頭去，不再搭理自己的父親。

「注意你的態度，有些話想清楚再說出口。」邱世郎氣定神閒地啜了一口咖啡，「別敬酒不吃吃罰酒，你這種典型的醫師人格我見多了，高知識份子的自以為是與傲慢。」

「義之所至，為所當為。當我宣誓成為醫者的那一刻起，我就知道自己該為何而戰，而且永不退縮！」陸辰杰此話一出，既不承認自己的行動，但也不想懦弱地裝傻。

「阿杰！夠了！你少說幾句！」陸勝雄大聲喝斥。

「我話就講到這邊，陸理事長，顯然你管不住令郎。」邱世郎起身離開，頭也不回往外走，陸勝雄趕緊追了上去，但邱世郎連看都不看他一眼。

看著邱世郎離去的身影，陸勝雄只是不斷地自言自語：「完了，完了，一切都完了。」

結束這一段不愉快的對話，陸辰杰走出飯店，思考著下一步該怎麼做時，突然接到診所來電，藥品供應商臨時告知不再提供幾種重要常用的藥物，剩下的存量恐怕撐不了幾天。回診所的路上，收音機有新聞快報插播：「新聞快報，臺北市開業醫師協會理事長陸勝雄醫師，傳出涉及多起醫療器材採購的回扣弊案，並有協會會員出面指控，他利用賄選方式當選理事長，陸勝雄醫師本人則是低調不願多做回應……」

面對眼前的變局，他無語問蒼天。

18

有了SMART實驗室這條線索，秦宇翔率領的檢調團隊士氣大振，只要能證明雷龍確實曾使用過從未上市、只有宇海集團內部方可取得的實驗用藥，那雷龍自述和宇海集團沒有任何關聯的證詞便不攻自破，逮捕邱世郎也將指日可待。

動用各種關係與資源，重重身分比對之下，Dr. C更進一步查出SMART實驗室在美國登記的負責人Jasmine Yu，其年齡與學經歷皆與宇海集團內部的某位高階主管相符合，正是其醫療事業部總經理兼總裁室首席醫療顧問余小曼。

拿著法院簽發的傳票與搜索令，秦宇翔帶著大隊人馬高調地進入宇海集團總部進行調查，余小曼似乎對這突如其來的陣仗有點意外，但也不得不配合檢方的搜索。秦宇翔在她的辦公室裡查扣了大批文件與電腦，更從保險櫃中找到幾瓶可疑的藥劑。除此之外，由於案情的關係人可能涉及宇海集團高層，因此邱世郎、余小曼與幾位高階主管皆遭到傳喚。

經過一輪訊問，邱世郎堅稱對這一切毫不知情，在查無直接涉案的證據之下，秦宇翔只好暫時將他以證人身分請回；余小曼則因涉案情節嚴重、且有串供逃亡之虞遭到收押。

走出臺北地檢署時已是深夜，滿臉倦容的邱世郎在保鑣開道下離開，面對守在門口等待的大批媒體與記者提問，邱世郎雖沒有回答，但仍打起精神維持平日的傲氣，對著鏡頭點頭微笑。

這時，人群中突然有人高聲發問：「邱總裁，你真的不知情嗎？單憑余小曼一個人，就敢策畫行刺議員的大案？你當全國民眾都是三歲小孩嗎？」

聽到如此尖銳的問題，邱世郎停下腳步，在人群中搜索是誰那麼大膽，只見周雪蓉拿著麥克風擠到他面前：「邱總裁，請正面回答問題！」

在H.O.P.E.中心療傷的那段期間，周雪蓉知道了自己受傷不是意外，而是邱世郎所策畫主使，因此在體力慢慢恢復後，她馬不停蹄地回到工作崗位，無論是基於新聞追求的執著還是為報受傷的一箭之仇，打定主意要揭發這一切。

「妳是哪一家的媒體？從來沒有任何一個記者敢這樣跟我說話。」雖然仍保持風度微笑著，但很明顯聽出邱世郎的不悅。

「我代表我自己，也代表全國民眾對『知』的權利！」周雪蓉帶著無冕王的傲氣回答。

邱世郎不發一語，頭也不回地離開。

隔天全國四大報頭版同步刊出一則宇海集團的公開聲明：「對於宇海國際集團（以下簡稱本公司）高階主管涉及重大案件所造成之社會不安，本公司深表遺憾，亦對內部監督不周向社會大眾致歉。余小曼小姐之個人行為，與本公司素來奉公守法尊重專業的企業風格不符，邱總裁世郎對此亦感到痛心。為維護本公司清譽，自即日起解除余小姐擔任之一切職務，靜待司法調查，本公司亦將全力配合檢調單位相關偵辦行動。」

面對檢方的訊問，宇海集團的律師團築起一道防火牆，將邱世郎與醫療事業部切割，並定調此事件為余小曼的個人行為，總裁邱世郎自始至終都被蒙在鼓裡。邱世郎甚至接受了某家電視臺的人物專訪，暢談他打造宇海王國的心路歷程。

一切都如套好招一般，當主持人問及近日喧騰一時的南港開發案時，他語重心長地說：「南港開發案的推動，當中遭遇的困難與阻力之大，不足為外人道。而宇海醫院只是這龐大計畫中的一環，我一直信任自己一路提拔的部屬余小曼，甚至內定她擔任宇海醫院的創院院長，只是沒料到我識人不清，她竟在利慾薰心之下誤入歧途。如今我只希望她不要一錯再錯，能夠徹底反省配合檢調的辦案……」說到這裡，外號「天狼星」的邱世郎，竟在電視節目鏡頭前流下男兒淚。

這一番說詞果然打動人心，節目播出後隔天的民意調查顯示，多數民眾開始轉向同情邱世郎，認為他也是受害者，余小曼才是罪魁禍首。

由於宇海集團棄車保帥的策略，與邱世郎操作媒體的動作發酵，當輿論的討論熱潮漸退之後，主流民意已開始接受邱世郎和宇海集團本身是無辜的說法，余小曼成了千夫所指的犯罪首腦；而原本備受爭議的南港開發案，宇海集團不懼流言蜚語大張旗鼓地重新推出，許多地方人士公開表達了期待新開發案帶來的便利與繁榮，周邊的土地與建案也立刻跟著這一波熱潮水漲船高。

另一頭，秦宇翔雖然多次訊問余小曼，卻始終得不到有用的供詞，在時間的壓力之下，秦宇翔也越來越心急。

「雷龍已經承認自己就是殺害議員的主嫌，我要知道他是不是受妳和邱世郎指使？雖然雷龍堅稱是他一人所為，不認識宇海集團的人，妳怎麼解釋他體內驗出的藥物是來自妳所領導的實驗室獨家開發？教唆殺人可是重罪，我再給妳最後一次機會，幫我們指證邱世郎，或許有機會爭取減刑。」這天在訊問室裡，秦宇翔一改平日客氣和緩的語氣，連珠砲似地丟出一連串問題，並夾雜著威脅利誘。

「我不會當汙點證人的，宇海集團的律師會幫我回答！」面對秦宇翔的節節進逼，余小曼始終不為所動，她深信只要自己沉得住氣，憑著自己跟邱世郎的關係，一定能全身而退。

「妳還在期待邱世郎出手救妳嗎？」秦宇翔此時冷笑一聲，拿出一疊宇海集團主動提供的資料，內容直指余小曼是幕後的主使者。

看完宇海集團登的廣告、邱世郎在電視訪問上說的話，以及這些所謂的「證據」，余小曼呆了半晌，這一刻她終於懂了，不管過去的角色有多麼重要，當失去利用價值之後，自己也不過是邱世郎眾多女人的其中之一罷了。

沉默幾分鐘，余小曼似乎有了決定：「不管你說什麼，我的說法都是一樣。如果你還有什麼想問的，就叫蕭磊來吧！我知道你一直利用他幫你刑求逼供，我想見識一下他的手段。」

「妳認識蕭磊？」一聽余小曼提到這個名字，秦宇翔有點詫異。

「若要人不知，除非己莫為，你不必管我怎麼知道的。」

「別以為妳是女人，我就不敢對付妳！既然妳主動提到他，我就要讓妳知道，為什麼從來沒有嫌犯敢在我秦宇翔面前裝傻！」想必是哪個獄警不小心洩漏了祕密，不過此刻秦宇翔懶得追究，他只想快點得到邱世郎涉案的供詞，他打了電話。

「蕭磊，過來臺北看守所一趟，有任務要交給你。」

「嘿嘿嘿～聽說今晚的對象是女病患，那我該試點什麼手法好呢？」

秦宇翔恨恨地離開臺北看守所後，沒多久來了個身材矮小的男子，手中提著個公事包，不時發出尖銳的笑聲。

然而一見要刑求的對象，蕭磊就笑不出來了。

「拿出你的能耐吧！你不是等這一刻很久了嗎？」余小曼平靜地道。

「你們出去，不要打擾我做事！」蕭磊揮揮手把獄警們趕走後，接著說：「如果早知道是妳，我就不會答應秦宇翔了，妳知道我是怎麼樣都不肯傷害妳的！」

「沒關係，是我主動要秦宇翔找你來的……」

偵訊室裡只剩下余小曼和蕭磊，密談了約十分鐘後，兩人似乎起了點爭執，蕭磊這時氣憤地起身離開，離去前，蕭磊交代獄警：「我本來不想對女人下重手，誰知道她不識好歹。今天暫且放她一馬，我有一支重要的藥劑忘了帶，等我明天過來時，肯定有她好受的！」

19

眼看邱世郎就要全身而退，周雪蓉氣憤難平。

另一方面，雖然Dr. C和Dr. J都告訴她一切恢復良好，但脾臟切除畢竟是個大手術，周雪蓉自己可以很明顯感受，傷癒後的體力和免疫力大不如前。

又是工作滿檔的一天，但周雪蓉虛弱的病體和無法忍受的疼痛，逼得她不得不早點休息，她知道自己得拿點藥吃才行，她在抽屜裡翻出一張名片。

「陸醫師你好，還記得我嗎？我是周雪蓉，前不久才見過面。」看診時間已過，陸辰杰的診所來了位堅持要掛號的病患。

診所藥品遭到供應商無預警斷貨，可想而知是最上游宇海集團的意思，陸辰杰費了一番工夫，才透過同業支援暫時撐住診所營運，但這也代表自己在H. O. P. E.的身分恐怕已經暴露。面罩之下的Dr. J或許能在千鈞一髮之際擊退死神，然而現實狀況中的陸醫師，也只是個凡人。

「嗯……我記得，妳是報社記者。很多年前妳出過一次車禍，當時我是主治醫師，後來我們在汽車拖吊場還見過一次面。」陸辰杰記起眼前這位女子，也想起前不久巧遇的場景。「有什麼不舒服嗎？」

「上個月我出國旅行，在國外發生意外，因為脾臟破裂出血接受手術，我想請教你，脾臟切除後會不會有什麼後遺症？畢竟我不可能再到國外覆診，所以想在國內找一位能信任的醫師繼續追蹤。」

「我幫妳檢查一下。」陸辰杰請周雪蓉躺上檢查床，檢視她腹部手術的傷口，再幫她做了超音波檢查。

「基本上一切正常。」拿著超音波，陸辰杰很專注地檢視電腦螢幕中的畫面，口罩下他那對炯炯有神的雙眼，還有那些熟練的動作，讓周雪蓉看得入神。

多年前的那場車禍，周雪蓉就對當時救了自己的陸辰杰印象深刻，後來聽聞陸辰杰出國深造後學成歸國，本以為他能為這個黑暗時代點亮一盞明燈，沒想到竟也因為醫療環境惡化而退出第一線，除了為他感到可惜，也遺憾從此少了一位為病患拚命的外科醫師。直到她遇見了Dr. J、Dr. C和其他H. O. P. E.中心的成員，才知道其實一直有人在為這一切努力著，也再度為這個城市燃起光芒與希望。因此自從手術康復後，雖然Dr. C再三交代這是最高機密，周雪蓉始終念茲在茲想知道Dr. J的真實身分。出院後她想盡辦法，卻始終查不出來，國內有哪個外科好手除了原本的醫療工作，還在一家不存在的醫院，執行一個不存在的祕密任務。

在那個神祕機構裡，Dr. J救了自己；在現實世界中，她只相信陸辰杰。

「手術後的傷口疼痛會持續一段時間，這都是正常的。」陸辰杰一邊交代著周雪蓉，一邊轉身走回看診電腦前。

「陸醫師，謝謝你！」發呆中的周雪蓉這時回神過來。

「沒什麼好謝的，遇到我通常沒有好事。」

聽到這句話，周雪蓉突地一震，她確信自己曾經在哪裡聽過，反覆思索，卻想不起來究竟是何時何地。

「遇到我通常沒有好事……」離開診所，她仍喃喃自語著陸辰杰最後那句不經意的話，當走到機車旁準備發動時，突然想起和陸辰杰在監理站重逢那一天，他也是用這句話和自己道別，而在那神祕醫院裡，當她問起Dr. J何時能再見時，Dr. J也告訴她：「遇到我通常沒有好事。」

與陸辰杰的重逢，是因為他的車在信義計畫區被拖吊，正是自己被送出那神祕醫院的地方，同樣一句話，同樣的地點，這絕對不是巧合！

周雪蓉閉起雙眼，回想起過去的一幕幕畫面，無論是陸醫師還是Dr. J，都有著同樣專注的眼神、俐落的動作與身形，她頓時恍然大悟，當年自己的救命恩人，在幾年後用另一個身分再次救了自己。她轉頭跑回診所，想找陸辰杰問個明白，但為時已晚，診所鐵門已經關上。

正自懊惱時，周雪蓉在徵信社工作的朋友來電，是關於雷龍的消息。

在始終查不出邱世郎涉案的證據之下，她轉向調查那個至今還躺在加護病房裡昏迷不醒、已經被眾人遺忘的雷龍。果然查到雷龍過去曾有一個同居人，叫作劉玉霞，兩人分手後，她在通化街的小吃店擔任服務生，他倆還有一個十歲的女兒，由劉玉霞獨力撫養。然而戶政單位查出的就學資料卻顯示，雷龍的女兒念的是大安區的貴族小學，這樣的學費不是像她這樣中低收入的單親媽媽所能負擔。

得到這些資訊，周雪蓉的精神又為之一振，記者的直覺告訴她，這當中一定能發掘出什麼蛛絲馬跡。

周雪蓉在小吃店前攔下準備打烊的劉玉霞，她表明記者身分後，詢問劉玉霞近期是否有與雷龍聯絡。對方似乎沒料到會有人來找自己，緊張地說：「我什麼都不知道，雷龍做的事都跟我無關，也跟我女兒無關！」接著便頭也不回地快步離開。

這不由得令周雪蓉更加懷疑，趕緊追了上去：「我沒有惡意，也不會傷害妳們母女，相反的，我想幫助妳們，雷龍出事了妳知道嗎？」周雪蓉把雷龍目前在市立醫院的狀況一五一十告訴劉玉霞。

「我有看到新聞，可是我沒有辦法去看他……」

「那妳知道雷龍是做什麼的嗎？」

「他從特戰隊退伍之後，就一直當大老闆的保鑣，可是從三年前開始，變得經常深夜出去，每次回來身上都一堆傷，我才知道他都在替大老闆做壞事……」

「雷龍出事前，有什麼不尋常之處嗎？」

劉玉霞側著頭想了一會：「只有一件，幾個月前有一天，雷龍帶我和女兒去大賣場採買生活用品，他以前連商店找錢都會算錯，那天算術卻很靈光，我們買了好多東西，他居然心算一兩秒就算出來了，當時我還開他玩笑說怎麼那麼聰明。他這才告訴我，他們公司的總經理給他打一種針，可以提升肌耐力，連腦筋也變得更清楚。」

這時周雪蓉總算慢慢拼湊出檢方不肯公開的祕密，雷龍和余小曼之間的連結，不是只有金錢聘雇那麼簡單，不過這些都還不足以證明和邱世郎有關。

「我不相信雷龍那麼健康的人，會無緣無故突然昏迷不醒，一定跟他打的那些針有關。」劉玉霞說到傷心處，不禁落下淚來。

「這件事太匪夷所思，我相信邱世郎一定有份，以宇海集團的勢力，應該很快就會有人來找妳們麻煩，為了妳們母女的安全，我要找到邱世郎對這一切都知情的證據，才能夠把那幫惡徒一網打盡！」

「周小姐，不是我不相信妳，只是妳真有辦法保護我們母女？或者只是跟一般的記者一樣，只想挖一些獨家新聞？」

「我跟妳一樣恨邱世郎！」突然周雪蓉掀起自己的上衣，給對方看看自己肚皮上，因為外傷摘除脾臟留下的傷疤。

「到我家來吧！看看有什麼線索對妳有用。」已經是深夜時分，兩個女人在路邊講話也不怎麼方便，劉玉霞邀請周雪蓉到她的小公寓坐坐。

「妳說三年多前，雷龍就開始擔任邱世郎的保鑣，那應該算是宇海集團的正式員工吧！為什麼檢方一直查不到雷龍和宇海集團的關係？妳這邊有雷龍工作的證件或是薪資轉帳證明嗎？」像宇海集團這樣的大企業，正式員工一定有進出公司的識別證，也一定有專門的薪資轉帳帳戶。

「雷龍說自己要保護的人都是非常重要的人物，身分必須保密，不能在公司裡頭留下紀錄，發薪水都是用現金，他每次也都是用現金給我生活費。」劉玉霞給周雪蓉看了她的存摺，都只是一些單純的轉帳紀錄，並沒有什麼特別。

周雪蓉又問：「雷龍最後一次給妳錢是什麼時候？」

「他很久沒給我錢了，我們上個月吵了一架，之後他就拿這張支票來給我，要我幫孩子多買些漂亮衣服，我沒讀什麼書，不知道怎麼把支票換錢，所以還在我這邊。」

周雪蓉拿起支票端詳了一會兒，發現不是由宇海集團會計部開出，而是有邱世郎親筆簽名的個人支票，這樣的百密一疏直接推翻了邱世郎不認識雷龍、對案情毫不知情的說詞，也代表邱世郎、余小曼與雷龍是完整的共犯結構，而宇海集團總裁邱世郎才是幕後黑手。

「支票可以讓我拍照存證嗎？我保證新聞一出，邱世郎就百口莫辯了，妳們母女的安危也不必再擔心。」

「妳真的會幫助我們？」

周雪蓉點點頭，真誠的笑容感動了劉玉霞。

走出玉霞的公寓已經接近天亮，得到這驚天的消息，周雪蓉想著該如何撰寫新聞稿，不過她似乎不急著發獨家新聞，也不急著將證據交給檢調單位。

她心中另有盤算。

20

按照過去的經驗，被蕭磊「治療」過的嫌犯就算沒有當場招供，幾天內也必定痛苦萬分地求饒，然而收押已近兩個月，余小曼既沒有情緒失控，也沒有任何身體不舒服。秦宇翔氣得要找蕭磊興師問罪，蕭磊卻如人間蒸發般，電話打不通、人也找不到。秦宇翔雖然不高興，但礙於這畢竟是非法手段取供，有氣卻發不出來。

「讓我見方璇，我有話跟她說，然後我會提供必要的證詞。」

這天一早，還沒等到檢方借提訊問，余小曼竟主動向獄警提出要求。由於茲事體大，北所方面趕緊向上呈報，此刻的秦宇翔為了破案，當然什麼要求都答應。

當天下午方璇就趕到臺北看守所，她焦急地看著余小曼：「小曼，妳瘦了好多，我好擔心也好關心妳！」

「還記得前陣子妳我重逢時，妳說很佩服我成為職場女強人，其實妳一直都不知道，打從學生時代起我最羨慕的人是妳，不是羨慕妳功課傑出，而是羨慕妳的感情順遂，所以離開學校後，我把全部心力都放在工作上，要用事業成就來滿足心靈的空虛。」

「我一直把妳當作最好的朋友，我倆之間沒什麼好比的！」

「自從我帶著恨意離開臺灣時，心中就已經打定主意，此生不再與人交心。在宇海集團又經歷過一波波的鬥爭，才爬到這個位子。在我的人生經歷中，始終看不到人性的光明面。」

「不是這樣的！這個世界沒有妳想得那麼糟。想想身邊愛妳的人，我們會想辦法幫妳度過難關。」

「愛？邱世郎追我的時候，也說過愛我。曾經我以為自己是幸運兒，有錢、有權、有魅力的男人願意疼我寵我，曾經我以為這就是愛，曾經我以為麻雀終於要變鳳凰了，曾經我以為我會是總裁夫人和宇海醫院院長。」

「不要管別人怎麼想！妳有我跟辰杰。」方璇深怕悲觀的余小曼打算獨力扛下這一切。

「妳曾經來找過我，問我雷龍的腦部影像是怎麼一回事，我想妳現在應該已經知道，那是藥物的作用，而我就是這個藥物的發明人。」余小曼沒理會激動的方璇，顯然她有很多話想講，她說的正是後來Dr. C調查出來的結果。

方璇當然知道這藥物是余小曼的發明，也是如今令她身繫囹圄的原因，她不懂為什麼余小曼這時候要跟自己說這些，止不住眼淚的她幾度想要起身擁抱余小曼，但余小曼搖搖頭，示意方璇不要打斷她。

「當年龍騰基金會出資贊助我和美國的SMART實驗室合作，共同研發能活化腦細胞與提升智力的藥物，我曾天真的想要藉此改變世界，因此當我和我的團隊研發成功時，我們在乎的不是背後帶來的商機，而是這份能創造歷史的成就，當時我們真心以為，自己和生物科技界的最高殿堂諾貝爾獎，只有一步之遙。可惜企業贊助畢竟還是以商業利益為考量，因此當研發陷入瓶頸後，我們所有經費都遭到凍結，那時我才明白，唯有金錢與權力才能真正影響這個世界。」

余小曼一字一句，幽幽地說出自己這些年轉變的心路歷程，除了感情波折，在創業之路也有這樣的委屈。

「不過我多年的心血也並非一無是處，它確實能夠讓腦細胞活化，只是藥效僅能維持六十天，而且如果沒有追加使用，腦細胞反而會開始退化，最後就跟雷龍一樣。」講到這裡，余小曼停頓了一下，「兩個月前我找人幫我自己打了一劑這種藥，我想享受一下自己發明的傑作，感受智力瞬間提升的快感。這段時間果然腦筋清楚，以前很多想不通的事，現在都有了答案，原來我一直追求的成就，還是比不上妳簡單的幸福。」

「小曼，妳千萬別這麼說，在我心裡，妳就是我的好朋友、好姊妹。以前的事都不重要了，現在最重要的是幫妳走出來，何苦一個人背負所有的責任呢？」

「算算時間，藥物的衰敗期就是明天了。」余小曼對方璇的態度仍不為所動，自顧自繼續說著，「也就是說，今天是我此生智力的巔峰，之所以想要見妳，是因為這是我能讓妳看見自己生命中最光輝燦爛的一面。明天過後，我的腦部就會嚴重萎縮，然後就會和雷龍一樣陷入昏迷。」

原來上次余小曼故意要秦宇翔找蕭磊來，其實是要蕭磊幫她做事，兩人假裝起了爭執之後不歡而散。之後蕭磊便依余小曼的指示，到她位於南海路的實驗室裡，找到她保留的最後幾劑CE－α藥物原型。隔天他再回臺北看守所幫替余小曼注射，至於獄警方面，早習慣了蕭磊會替嫌犯打一堆奇奇怪怪的藥，因此他們直覺認為蕭磊又在搞什麼刑求的新把戲，也就沒有多問他幫余小曼打了什麼針。完成任務後，蕭磊就找地方躲起來避風頭，難怪秦宇翔找不到他。

「明天就要到期！那剩下的藥呢？在妳的公司？還是在實驗室？我得趕快把藥找到！」

「沒用的，我已經交代把所有的剩藥都給毀掉，最後一劑已經打在我的體內了。等我進入昏迷後，請妳幫我把呼吸器給關掉，別讓我受太多的痛苦。記得我的樣子，妳是我一生最好的朋友，也謝謝妳把我當作最好的朋友。」

面對即將失去的生命，余小曼表現得比方璇來得冷靜與鎮定，她推開緊緊抱著她的方璇：「走吧！妳和辰杰還有大好的人生，不該有任何人來破壞，這是邱世郎所有的犯罪紀錄，唯有將他繩之以法，才不會再有人受害。」余小曼給了方璇一封信，上頭密密麻麻是自己這幾天憑著回憶所寫下的自白，內容清楚交待了邱世郎參與這一切犯罪的過程。

牆上時鐘滴答滴答的聲響，彷彿提醒著余小曼生命正在消逝，這一刻她腦海中湧出一幕幕過往的回憶，孩提時的牙牙學語、求學過程與方璇相處的點點滴滴、蕭磊苦苦追求的痴纏、邱世郎的翻臉無情、學長背棄她的寡義、總裁夫人和院長大位的南柯一夢……看著方璇離開的身影，余小曼突然覺得自己的頭越來越昏，眼前一黑，便倒了下去。

「不知道余小曼到底透露多少資料給秦宇翔，枉費我一路提拔她，讓她從一個小小的病理科醫師躍升為宇海集團的醫療事業部主管，她竟在最後一刻反咬我一口。」對於佘小曼出賣自己，邱世郎既憤怒又有點感慨。

「這點總裁毋須多慮，佘小曼身為宇海集團的高階主管，竟辜負總裁的提拔與信任而胡作非為，這點於情於理都說得通。就算她真的對檢方說了什麼，也都只是她單方面的說詞，宇海集團還是可以一概否認到底，如果只靠一張自白書，就要將總裁拖下水，這證據仍是牽強了些。」律師團提出的意見是矢口否認到底。

「原本我們還擔心檢方會安排您和佘小曼對質，再從中比對雙方說詞的出入與破綻。不過她居然在收押禁見時昏迷，讓我們連殺人滅口都省下了，只能說連老天都幫忙！」雖然沒有人知道佘小曼也注射過CE－α，但這結果確實對邱世郎絕對的有利。

「至於雷龍的部分……」提到雷龍，律師似乎有些欲言又止。

「總裁和雷龍的關係先前不是已經定調了嗎？像他這種黑社會份子，總裁完全不認識，至於他接受佘小曼的指揮行兇一事，總裁更是毫不知情。」說話的是總經理卓世雄，最近對外的公開聲明或新聞稿都由他捉刀。

「話是沒錯，不過據我所知，他先前是擔任總裁的私人保鑣……這點比較不好解釋……」

「你說的這點，我早就已經想到了。公司沒有雷龍的檔案，他的薪水是由會計部直接發現金。也就是說在宇海集團裡，雷龍是個不存在的人，總裁和雷龍一點邊都沾不上。」卓世雄此時很為自己的深謀遠慮感到得意。

「卓總既然這麼說，那應該就沒問題了。只是我們還是小心為上，所有可疑的通訊紀錄、書信文件往來、金融交易都必須立即銷毀，秦宇翔現正在做困獸之鬥，有任何一點蛛絲馬跡他都不會放過。」

「等等！糟了！」多年來邱世郎有個習慣，每次會議結束起身時，都會下意識地把手伸進西裝口袋，他一定要摸到裡頭的私人支票本和金筆才有安全感，今天自然也不例外。但當聽到律師說，不能有任何與雷龍的接觸紀錄時，他突然想起曾經開過一張金額相當高的支票給雷龍。

原本自信滿滿的邱世郎這時背脊發涼，氣急敗壞的他，大吼著吩附下屬：「快去追查雷龍把錢交給誰，把支票給追回來！」

在夜市開始營業前，邱世郎的行動組就在小吃店找到正準備上班的劉玉霞。受不了逼迫與壓力，劉玉霞只好將一切和盤托出，前幾天曾有過一個記者來找過她，拍下了支票的照片，也協助她將支票兌現。

「周雪蓉！哼！這小記者沒大沒小、不知天高地厚。馬上把她找出來，這張支票絕對不能曝光，行動組全員出動，我要親自出馬！」

21

電視新聞的即時資訊播放著：「議員遇害原因和南港開發案有關，檢方已掌握證據偵辦中。」陸辰杰知道這一定是余小曼提供的證據，但看到這樣的報導，他一點開心的感覺也沒有，一方面是因為自己多年同窗的朋友，最後因為誤入歧途而失去生命；另一方面他也擔心余小曼留下的訊息不夠完整，若是證據力不足以將邱世郎定罪，那她的犧牲就白費了。況且以宇海集團的財力勢力之大，既然能夠在醫界呼風喚雨，法界中勢必也有不少拿過邱世郎好處的暗樁。

「周小姐，還有什麼可以幫忙的嗎？」門診就在這樣沮喪的情緒中開始，周雪蓉已經在候診室等他。

「我上次已經說要來採訪你，不記得了嗎？」

「我記得，不過我好像沒有答應妳。」

「一個問題就好！我想跟你聊一聊幫我開刀的醫生，我覺得他是一個很了不起的人物，在我最危急時候救我了一命，就跟多年前我出車禍時，你救了我一樣。」

「哦。」陸辰杰不置可否地應了一聲，「妳跟我講這個幹什麼？這跟我有什麼關係？」

「我覺得你們兩個有很多共同點，都在關鍵時刻挺身而出，也都一樣的認真、專業與熱情。當世人都期待著救世主能橫空出世時，是你和他讓我知道，英雄不一定要在第一線飛天遁地，只要及時拔刀相助的人，就是現代俠者！」

「所以妳專程來診所跟我講這個？」

「我之所以會來找你，就是因為你們兩個太像了，像到我覺得見到你就像是見到他。」

「妳過獎了，聽起來他遠比我優秀，我只是個被困在小診所的小醫師，有很多柴米油鹽醬醋茶的事情要心煩。」陸辰杰苦笑了一下，「如果妳只是要找人聊天的話，有很多對象比我還更適合，我認為妳不需要再來看診了，遇到我通常沒有好事。」

「好吧！謝謝你，Dr. J。」又聽到這一句話，內心波濤洶湧的周雪蓉，刻意用不經意的語氣壓抑心中的悸動。

這時眼神飄忽、刻意不與她四目相接的陸辰杰，突然回過頭來，「嗯？妳剛才說什麼？」

「我知道你就是Dr. J！容貌或許可以隱藏、聲音也可以改變，但你的眼神我永遠忘不了，那雙對病人充滿愛心與專注的眼神，那不是用口罩或刻意冷漠的態度可以掩飾的！」周雪蓉幾乎要激動地站起來，上回在診間相處後，她已經懷疑陸辰杰就是Dr. J，現在她更是百分之百斷定，眼前的陸醫師和Dr. J是同一人，一個救過她兩次的外科醫師。

「我不懂妳在說什麼，如果沒別的事，就請妳離開吧！」陸辰杰一反常態地急著趕人，Dr. J的身分必須絕對保密。

「你自己相當清楚，我身上的傷就是邱世郎害的，你們家族也是受害者，此時我們應該同仇敵愾，站在同一陣線上！」

口罩下的陸辰杰，仍是那專注而冷酷的眼神，看不出他現在的心情喜怒哀樂。

這時周雪蓉從袋中拿出一份文件，是剛完成的一則新聞稿，裡頭有邱世郎親筆開給雷龍的支票影本，證明整件事邱世郎絕非不知情，這張照片的證據力，遠大過余小曼在臨終前寫下的自白。

「你說這些資料一揭露會怎麼樣？」不等陸辰杰回答，周雪蓉繼續接著說：「將會撼動整個案情，想必邱世郎的宇海帝國會垮臺，不過我的生命也會因此受到威脅。」

「妳應該把資料交給警方去調查，而不是透過新聞爆料。」

「你有你醫生的任務，我也有我記者的天職：揭發社會上的不公不義、摘下權貴的假面具。況且自從受傷那一刻起，我就誓言要用自己的力量扳倒邱世郎。新聞明天就會刊出，我相信邱世郎很快就會查出消息來源，他一定會用盡千方百計來阻止我。如果只是為了自己的人身安全，我大可把資料交給羅志豪和秦宇翔來尋求保護，但若是這樣，Dr. J的身分將永遠不會被證實，我也將抱憾終生。所以我決定先告訴你，因為陸醫師救過我第一次、Dr. J救過我第二次，未來無論是陸醫師或Dr. J，當我遇到危難時，我知道他會救我第三次。」

「妳這又是何必呢？Dr. J的真實身分是誰，這個答案不值得妳以身犯險。」

「或許這份資料會讓我涉險，但唯有這樣，我才有機會再一次進入那神祕的醫院，也才有機會再一次遇到Dr. J。」

陸辰杰只是無奈的搖搖頭，依然沒有承認也沒有否認。

「如果沒有你出手相救，或許我早就沒有命了，也不會有這則新聞。不管你承不承認，我知道當年的陸醫師就是現在的Dr. J，兩次都是你救了我！有你在這個城市擔任最後一道防線，讓人很有安全感。如果我不幸遇害，我相信Dr. J一定會再挺身而出，到時候我一定要親手摘下他的面罩！」說完這些話，周雪蓉頭也不回地離開。

知道周雪蓉的計畫，陸辰杰越想越不安，心神不寧的他，很後悔當下沒有阻止周雪蓉。他趕緊打電話給秦宇翔，告訴他周雪蓉拿到了邱世郎涉案的直接證據，也同時表達自己的擔心，希望檢警方面能夠派人保護周雪蓉。

「哦……有這種事？那張支票呢？你有親眼看到嗎？確定沒有看錯？這麼重要的證物，怎麼沒有第一時間通報？」不同於陸辰杰很著急於周雪蓉可能遭遇的危險，秦宇翔似乎沒有太多關心，反而針對那張支票展現了高度興趣，所有的問題都圍繞在那上頭打轉。

秦宇翔見獵心喜的態度，令陸辰杰有些反感，「破案固然重要，但我更在乎的是一條人命！之所以請你幫忙，就是要保護重要證人的安全，你知道邱世郎會不擇手段對付周雪蓉的。」電話中的他有些激動。

「羅局長會加派人手在周小姐住家附近巡邏，有消息就會立刻回報。倒是那張支票，應該由檢方保管，那可是起訴邱世郎的重要證物。」秦宇翔念茲在茲的還是破案考量。

「新聞明天就會見報，你只要保護她到凌晨報社截稿就可以，到時候全國都會知道邱世郎是案子的主謀，有全國人民幫你盯住他，想逃也逃不掉！」

「我知道了，不用你來指揮我怎麼做事，我自有打算。」

兩人的通話就在有點僵的氣氛中結束，此時秦宇翔的態度令陸辰杰有些不解，他感覺檢方似乎不希望這件事在媒體上曝光。

秦宇翔當然對會動員警力去周雪蓉的住所，但並不是為了保護證人安全，而是要在那張支票曝光前先拿到手，否則若是被媒體搶先揭露消息，自己的面子往哪兒擺？秦宇翔甚至打定主意要來個「螳螂捕蟬，黃雀在後」，先靜觀其變，等邱世郎逼周雪蓉交出證據後，最後再一網打盡。如果邱世郎衝動失手殺了周雪蓉那更好，還替自己免去要記者封口的麻煩。

周雪蓉的這份文件，各方人馬都志在必得。

雖然得到了口頭承諾，陸辰杰還是有點不放心，他知道秦宇翔的布局與考量只是為了破案，和維護自己的利益。他直覺今晚將有大事，邱世郎的黨羽勢必傾巢而出，秦宇翔率領的檢警也會伺機而動，大戰可能一觸即發，無論是夾在兩方人馬中間的周雪蓉，還是在前線作戰的警察弟兄們，可能都會面臨嚴重的生命威脅。但以目前全城的醫療資源分布來看，固然有各級醫院可以收治傷患，卻還是只有H.O.P.E.的設備與人力最完整。因此在與方璇會合後，陸辰杰聯絡了Dr. C。

「市長目前在新加坡考察，我們自己啟動HOPE計畫吧！與其被動的等待召喚，倒不如主動將一切準備好，我們就是最強大的後勤支援，今晚不能有人被犧牲，我們不能失去任何一條無辜的生命！」

「H.O.P.E.中心的設備最多可以同時處理三組重大外傷的病患，也有三輛專屬救護車可供調度，他們的指揮系統是獨立在臺北市消防局之外，直接受命於中央控制中心，也都知道該把傷患送去那裡。除了你跟Dr. S，我口袋名單中還有好幾位可以加入的生力軍，先前與他們的聯繫，這陣子也都得到善意的回覆，希望這次任務他們就能夠加入HOPE團隊。至於醫師之外，其他相關的技術人員和護理師也會全面出動，我規畫這個機構這麼久，今晚要讓它發揮最大功效！」受到陸辰杰的精神感召，Dr. C也跟著熱血沸騰。

照理說臺北市政府是公家機關，正常情況下除了值班留守的警衛，夜間是不會有公務員在府裡辦公的。但今晚的臺北市政府似乎特別熱鬧，地下五樓到了午夜仍是燈火通明。

「每個環節都不能出問題！我們的測試標準要跟德國原廠一樣嚴格，過去這段日子的努力是否奏效，就看今天晚上了！」技術長許兆文大聲吆喝著工作人員，啟動與測試所有的儀器。

「手術室！」

「沒問題！」

「影像設備！」

「沒問題！」

「加護病房！」

「沒問題！」

「血庫！」

「備血量充足！」

「數位傳輸裝置！」

「一切正常！」

「常備藥品！」

「數量品項皆正確！」

「不斷電系統！」

「運作正常！」

雖然此次任務非由市長下令召集，而是H.O.P.E.中心的工作人員自願加入，但深夜澆不熄大夥的熱情，個個士氣高昂地投入。面對著即將來臨的挑戰，沒有人感到退縮或膽怯，反而以能在這樣的單位工作為榮，在維護正義的一戰中，擔任堅強的後盾。

Dr. C坐在他的電動輪椅上忙進忙出，除了精心設計的醫療系統，過去這些日子他花了很多心血在網路通訊上面，此刻隸屬H.O.P.E.反恐戰術醫院的三輛救護車，已經在周雪蓉所住公寓旁的路口待命，透過車上的攝影機，畫面能即時傳回中央控制系統的銀幕，Dr.C也能直接向車輛上的救難人員下達指令。

信義威秀影城一樓，倒數第二臺自動售票機，陸辰杰與方璇在「故障待修」的電腦螢幕上，按下右下角的「HOPE」按鈕，經過指紋比對後出現了九號廳的密碼，然後掉出兩張電影票，他們就如情侶看電影般自然地走進影廳。

這是關鍵的一刻，所有設備與人員皆準備就緒，Dr.C、Dr.J與Dr.S透過監視畫面瞭解現場狀況，一個是急重症加護的專家，一個是專業的放射科醫師、還有一位是技術超群的外科醫師。他們潔白的醫師服與代表各自身分的臂章閃閃發亮，雖然不在前線衝鋒陷陣，但他們都是亂世中的俠醫，也代表著沉默的希望。

22

昏暗的燈光下，周雪蓉正在做最後的編輯與校稿，她必須在凌晨三點截稿期限前把稿子寄到報社。等到天亮報紙一出刊，自己將藉此一戰成名，也是邱世郎宇海帝國的末日。

突然，一群黑衣人破門而入，在她還沒來得及反應時，人已經遭到制伏，手機也被砸爛。

「你們是誰？要幹什麼？」一個黑衣人架住周雪蓉，另一個拿著尖銳的扁鑽在她面前比畫，她拚命掙扎卻仍無法掙脫。

「識相就交出來，不要以為我不知道妳藏著什麼東西。」一個熟悉的聲音從門外的電梯間傳來，一個身著全白西裝的男子，在這群黑衣人中特別顯眼。

「我不知道你在說什麼！」

「我知道妳去找過雷龍的女人，看到了不該看的東西。給妳個機會，把支票的照片還有妳寫的新聞稿交出來，或許今晚不必見血。」

「沒有那種東西！」

「到現在妳還嘴硬？」邱世郎揮揮手，他的人將抵住周雪蓉脖子的扁鑽又刺深了些，尖銳的利刃已經將皮膚畫破。「難道妳連命都不想要了嗎？。」

「統統不許動！」秦宇翔和羅志豪早已在公寓樓下部署完成，透過監聽裝置，他們知道邱世郎已經帶人進去，因此一直在等待最佳時機進行攻堅，然而眼看證人可能受到生命威脅，秦宇翔卻還遲遲不下令攻堅，羅志豪再也按捺不住，指示他旗下的刑警衝進去。

見到羅志豪帶著刑警們破門而入，秦宇翔也只能趕緊跟在後頭。

「不要靠近！否則她就沒命！」挾持著周雪蓉的黑衣人，見大批警察包圍，大聲喝斥他們不准靠近人質，其他人也掏槍對準警察。

「看到這種陣仗，我還以為是哪個黑幫老大，想不到居然是堂堂宇海集團的大總裁，這記者有什麼通天本領，能讓您親自出馬？」秦宇翔對於邱世郎本人出現在現場，感到有些意外。

「同樣的問題，我也要反問你秦大檢察官，又是什麼風，把你和羅局長的大隊人馬吹來？」

「心照不宣，我們要找同一樣東西，而且你知道我最重要的目標就是把你送進大牢。」

「你要告我什麼？擅闖民宅嗎？我很樂意配合調查，最多處一年以下有期徒刑，還可以易科罰金。我邱世郎什麼不多，錢還夠用。」邱世郎冷笑，「你已經黔驢技窮了，抓著一個昏迷的余小曼自白書當寶，誰知道那是不是真的？我現在會這樣問你，改天法庭上法官就會這樣問你，我可以操縱醫界，當然就能操縱法界甚至政界。等到證據不足獲判無罪時，歡迎你來我的慶功酒會。」

這話踩中了秦宇翔痛處，除非有更強有力的證據，否則拿邱世郎沒辦法。

雙方這麼劍拔弩張對峙著，眼看時間一分一秒過去，報社那邊還在等待稿件，自己卻遭到狹持，周雪蓉急得如熱鍋上的螞蟻。危急中，她想起書桌底下的公事包裡，有一臺可與筆電同步編輯檔案的平板電腦，只要啟動它的存檔功能，剛才已經寫完的新聞稿，就可以立即傳輸到雲端資料庫，位在辦公室的遠端電腦也可以同步讀取，報社的同事們還在等她上傳檔案。

周雪蓉瞄了書桌一眼，確定邱世郎的人沒有發現它的存在，當她看見平板電腦一閃一閃的待命燈號時，她知道只要手動啟動就能將資料傳出去。於是她奮力一搏，用力撞開狹持她的大漢，這突如其來的動作，令原本抵住她脖子的尖刀，在頸部畫出一道血痕。周雪蓉不顧疼痛與飛濺的鮮血，將平板電腦死命抱在懷裡，按下同步存檔上傳的按鈕。

見到電腦螢幕上顯示「一〇〇%同步完成」，這一刻，周雪蓉心滿意足地閉上雙眼，對她來說，揭發不公不義之事，讓正義得以伸張，這件事比自己的生命還重要，而且她很有把握，有一個了不起的外科醫師，會在背後守護自己的生命。

一陣混亂中，邱世郎的人率先開火，羅志豪率領的警方也立刻還擊，一時間雙方都有人中槍倒下。然而幾個黑衣人當然抵擋不住大批馳援的警力，不一會兒便彈盡援絕，棄械投降。

這時消防局的救護人員也陸續趕到，開始替現場傷患進行急救，其中一人用止血紗布幫周雪蓉頸部的傷口加壓止血，並透過對講機呼叫：「人質受傷，頸部受到穿刺，初步判斷無重要血管破裂，請求後送醫院治療，over。」

不一會兒，無線電廣播回報：「市立醫院目前已空出手術室與加護病房，請將人質送往市立醫院，over。」

經過急救人員的初步處置，周雪蓉悠悠醒轉，但當她聽見廣播提到市立醫院，仍是氣若游絲地說：「我不要去市立醫院，我要……」話還沒說完，就被急救人員戴上氧氣面罩，不讓她再說話，「小姐，妳受的傷很嚴重，不要講太多話。」

現場還有多位遭到槍擊的員警，每個都狀況危急，可能需要手術，也可能需要後續加護病房治療，然而就在將傷患分批分流後送後，消防局的指揮調度中心傳來最新指令：「北區各級醫療院所之手術室與加護病房已滿，無法收治需要立即手術之傷患，必要時需向其他縣市尋求支援，over。」

這令在場的救難人員一陣傻眼，「這該怎麼辦？指揮中心只丟下一句話，叫我們去其他縣市？現場還有兩位腹部中槍的員警等待救援中，根本等不及送到遠距離的醫院！」

一位資深的救難人員這時嘆了口氣，「早幾年醫療環境沒那麼差時，怎麼會找不到治傷的外科醫師？這就是亂世的悲哀，妖魔當道，好人退散，才會讓有拚勁的人越來越少。」

待命中的H.O.P.E.救護車當然也聽得到這段廣播，正當消防局的救難人員還在苦思對策時，現場進來幾位藍衣人，兩兩一組幫傷患進行急救，雖然和官方配發的白制服明顯不同，但從他們熟練的默契與手法來看，都是有經驗的救護專家。這群藍衫軍是H.O.P.E.所屬的救難人員，由Dr. C在各分局親自挑選，個個都是萬中選一的好手。

「各位辛苦了，交給我們吧！」將兩位傷患抬上擔架後，禮貌致意後，藍衣人在就在眾人驚異的目光下將傷患送上救護車。

眼看自己的手下已經全部就逮，現場只剩下邱世郎一人，他仍擺出一貫高傲的態度說：「姓秦的，你只是暫時占了上風，但也不必太得意，我們的下一仗在法院，我不相信你一個檢查官鬥得過我的律師團和『法官團』。」這句話意思非常明顯，被買通的法官會處理一切。

原以為勝券在握的秦宇翔，此時頹然看著天花板，在雙方激戰中，邱世郎確實始終保持冷靜，沒有碰任何槍械，只要沒有「直接」涉案，就有很大的模糊與解釋空間，是否定罪或是定罪的刑度，可能都不如預期。

「想想你女兒小崴，還會不會再被撞一次？還有沒有運氣再次死裡逃生？『天狼星』有仇必報，我活著一天，你就得替她擔心一天！」說到這裡，邱世郎下意識地挺胸，白西裝上的天狼刺繡，令秦宇翔感到格外刺眼。

一不做二不休，秦宇翔從在地上撿起一把槍，上膛後指向邱世郎。

邱世郎很意外秦宇翔此刻的動作，他著急地說：「你要幹什麼？千萬不要亂來！殺了我你也逃不掉！」

「就像你說的，法官都是你的人。就算我費盡千辛萬苦抓到你，也找到證據起訴你，可想而知你最後還是無罪或是輕判。既然法律沒辦法給你這種人教訓，我今天就要將你就地正法。」秦宇翔知道明天一早媒體將早檢方一步公布證據，這臉勢必是丟定了，若是在法院的攻防中又失利，沒辦法讓邱世郎受到應得的懲罰，那自己可是面子裡子滿盤皆輸。不能將邱世郎繩之以法，無論是公務還是私仇，都沒辦法了結。

「你殺了我，自己也有罪！」

「警匪槍戰、兵荒馬亂、擦槍走火，這理由很難找嗎？」由於這是自己能除掉邱世郎的唯一機會，話一說完，秦宇翔毫不考慮地扣下扳機。

「噢！」中槍的邱世郎倒在地上翻滾哀號。

「你瘋了嗎？」就在開槍那一瞬間，秦宇翔突然被人從後頭推了一把，使原本的致命一擊失去準頭，子彈打在了邱世郎的肚子上，要是再往上偏個幾寸，就會直中心臟。

羅志豪反手一扣，把秦宇翔壓制在地上：「國有國法！誰說你可以替天行道的？」他趕緊拿出對講機：「嫌犯腹部中槍，需要立刻急救。」

然而指揮中心卻無人回應，想必救難人員已經撤退完畢，且也再沒有更多的醫療資源。見邱世郎流血不止，不懂急救的羅志豪只能用外套幫邱世郎壓住腹部傷口，「撐住！我再想想辦法！」可惜接下來的幾次請求支援，得到的答案都是「請耐心等候」。

或許知道自己大限已到，邱世郎感慨地說：「想不到我邱世郎縱橫天下，醫界商界對我唯命是從，結果最後下場竟是如此。」

隸屬於H.O.P.E.的第三組救護人力，原本以為任務結束已往回程，此時適時折返趕到現場，兩個藍衣人向羅志豪敬個禮後，便把受傷的邱世郎抬上救護車。

H.O.P.E.中心裡，Dr. J剛替前一位受傷的員警做完治療，還沒來得及喘口氣，又一位失血過多瀕臨休克的傷患送來，Dr. J打起精神診視傷患，發現是被子彈貫穿腹部的邱世郎，他立即揮手指示安排緊急手術。邱世郎強忍著疼痛，想看看眼前這人是誰，或許是心中早有定見，即使戴著口罩，他仍一眼認出對方的身分：「陸辰杰，你為什麼要救我？」

陸辰杰停了幾秒，用他那堅定的眼神看著邱世郎，語氣平靜地說：「不論你原本是誰，此時此刻，就是我的病人，我是Dr. J。」

手術燈亮起，邱世郎在麻醉藥的作用下進入沉睡，Dr. J用他熟練的手法拿起手術刀，面對眼前這人，他的內心波濤洶湧，默念著讓自己信念得以堅持的醫師誓詞：

准許我進入醫業時：我鄭重地保證自己要奉獻一切為人類服務。

我將要給我的師長應有的崇敬及感戴；我將要憑我的良心和尊嚴從事醫業；病人的健康應為我的首要的顧念；我將要尊重所寄託給我的祕密；我將要盡我的力量維護醫業的榮譽和高尚的傳統；我的同業應視為我的手足；我將不容許有任何

宗教，國籍，種族，政見或地位的考慮介於我的職責和病人間；我將要盡可能地維護人的生命，自從受胎時起；即使在威脅之下，我將不運用我的醫學知識去違反人道。

我鄭重地，自主地並且以我的人格宣誓以上的約定。

尾聲

東北角的北海墓園，平日人跡罕至，一片靜謐。角落的某個墓碑卻有束剛採的鮮花，一個矮小的男子在前面低著頭自言自語：「親愛的小曼，這一刻我終於可以陪妳到永遠。傷害妳的人，現在都得到報應，希望妳能安息。」

蕭磊擦乾眼淚後起身，將一份報紙留在墓碑前，上頭寫著：「商界鉅子邱世郎羈押至今已滿一年，由於罪證確鑿，遭最高法院重判二十年有期徒刑定讞；前主任檢察官秦宇翔涉及多起妨礙司法與殺人未遂，已辦理提前退休，靜候調查。」

「總編，這是明天的頭版頭條，請您過目。」記者將編輯過的草稿送到周雪蓉的辦公室。自從她的獨家報導成為扳倒邱世郎的關鍵後，周雪蓉在新聞界得到了

「打倒巨人的大衛王」美名，也終於如願晉升總編輯，從過去得風雨無阻地在外跑新聞，到現在坐辦公桌每日審理各記者繳來的新聞稿。

「內容還需要修改，十分鐘後召開編輯會議！」周雪蓉闔上自己的電腦走進會議室，她正忙著撰寫自己要趕在年底出版的首本小說，電腦銀幕上是她苦思許久終於想好的書名——《沉默的希望》。

「等會兒家事告一段落，趁大賣場還沒打烊，我們得去買些生活用品，洗髮精和沐浴乳都快用完了。」

在診所忙了一天，下班後的陸辰杰，邊吃著妻子準備的晚餐，邊和她聊些日常生活上的瑣事。

突然兩人的手機同時收到簡訊：「行動代號ＨＯＰＥ」。

陸辰杰握著方璇的手，笑笑地說：「逛大賣場之前，先去看場電影吧！」

H.O.P.E.沉默的希望／傅志遠 著. -- 初版. – 臺北市：時報文化，2022.08；面；14.8 × 21 公分. --
（Story；049）

ISBN 978-626-335-557-6（平裝）

863.57　　111008381

ISBN 978-626-335-557-6
Printed in Taiwan.

Story 049
H.O.P.E.沉默的希望

作者　傅志遠｜**主編**　陳信宏｜**責任編輯**　尹蘊雯｜**執行企畫**　吳美瑤｜**封面設計**　倪旻鋒｜**編輯總監**　蘇清霖｜**董事長**　趙政岷｜**出版者**　時報文化出版企業股份有限公司　108019 臺北市和平西路三段240 號 3 樓　發行專線—(02)2306-6842　讀者服務專線—0800-231-705・(02)2304-7103　讀者服務傳真—(02)2304-6858　郵撥—19344724 時報文化出版公司　信箱—10899臺北華江橋郵局第99信箱　時報悅讀網—www.readingtimes.com.tw　電子郵件信箱—newlife@readingtimes.com.tw　時報出版愛讀者—www.facebook.com/readingtimes.2｜**法律顧問**　理律法律事務所　陳長文律師、李念祖律師｜**印刷**　勁達印刷有限公司｜**初版一刷**　2022年 08 月19 日｜**定價**　新臺幣 300 元｜
（缺頁或破損的書，請寄回更換）

時報文化出版公司成立於1975年，1999年股票上櫃公開發行，2008年脫離中時集團非屬旺中，以「尊重智慧與創意的文化事業」為信念。